魔豆

魔豆

© 花於景 著／8C 插畫／Gamania mojoin

© 花於景 著／8C 插畫／Gamania mojoin

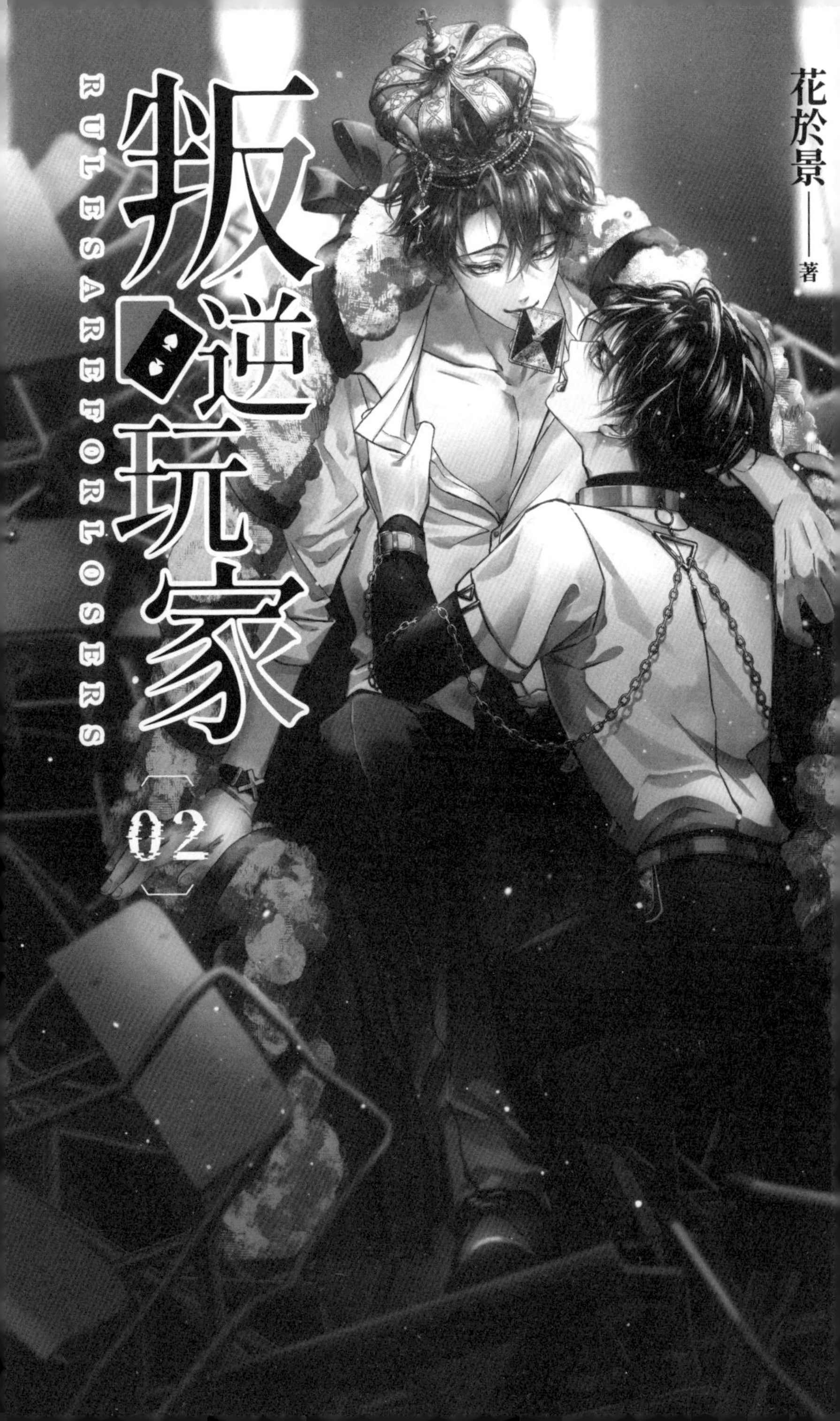
叛逆玩家
RULES ARE FOR LOSERS
02
花於景──著

叛逆玩家

RULES ARE FOR LOSERS

〔02〕

目錄

01 天堂島的校規

「叮咚……叮咚……」

林慕被一陣鈴聲吵醒，醒來時發現自己趴在教室的書桌上，桌上擺著紙，如同試卷一般背面朝上。

他按了按昏沉的腦袋，嘴裡暗罵著該死的遊戲。

他記得自己最後的記憶是乘坐著通往第二層關卡的電梯，當時還覺得奇怪，明明只有一層樓，搭乘時間卻超過了三十秒，不過還來不及觀察，他就失去了意識——顯然又是這個遊戲搞的鬼，連搭個電梯都不能放鬆戒心。

林慕環視四周，教室裡坐滿了人，有的仍趴睡著，有的剛甦醒，滿臉迷茫，不理解自己爲何會來到這裡，困惑地翻看桌上的紙張。

林慕沒有立刻翻開，因爲他注意到所有人桌上都只有一張，但……自己桌上卻有兩張。

林慕瞟了一眼桌面，悄悄用指尖撥過去讓兩張紙重疊，乍看就像一張。再次確認沒人留意自己這邊，他才捏起重疊的兩張紙，確認內容。

最上面那張寫著「校園規則」，底下洋洋灑灑列了非常多項目，乍看只是正常的校規，開頭卻有幾條明顯不對勁：

校規第001條：歡迎各位玩家進入Paradise Island學院，撲克牌已重新洗牌，玩家們將作爲本校新生重新出發，前途無可限量，請務必全力以赴。

校規第002條：新生活動範圍僅限校內，在校內所有撲克牌皆可離身。

校規第003條：唯一的國王K降臨本校，唯一的奴隸2將現身。

校規第004條：僅國王可賜死奴隸，如未賜死，每次大考後將重新洗牌。

校規第005條：國王所向無敵，唯有奴隸能顛覆階級……

讀完開頭的規則，教室裡爆出騷動，所有人下意識著急地檢查自己的撲克牌。

「居然洗牌了？」

「怎麼可以？說好的不會換呢！」

「我的牌啊！」

林慕沒有動作，斜眼觀察每個人的反應，有些人看到牌後一臉安心，有些人滿臉驚喜，有些人則面如死灰。

林慕將所有反應盡收眼底，忍不住冷笑。

原以爲第二層關卡會和第一層一樣，表面上是個普通世界，持有劇本的玩家達成某些條件才會在某個區域觸發關卡，因此玩家只要刻意不碰關卡，仍能正常生活……但到了第二層一切就變了，無論願不願意闖關，隨時都可能有性命危險，難怪大部分人只想待在第一層，因爲一旦來到第二層就沒有選擇權了。

林慕沒有看牌，也沒有看第二張紙，而是把兩張紙摺好，收進口袋。

畢竟，他可不像其他人這麼傻，一下子就把底牌暴露了。

而這時候，林慕才發現自己身上的衣服被換成了黑白校服，白襯衫上繡著校徽，搭配黑色窄管褲，唯一不變的是制服同樣在胸口、背部、腰間和大腿破了大開口。

他無語地想，是多缺布料錢？

玩家們紛紛激動地議論：「規則說了有紅心K吧？K居然出現了？不是說目前爲止還沒見過有人拿K嗎？」

「誰拿到K了？」

教室裡的人們眼神瞬間變了，你看我、我看你，眼神充滿了探究、警戒和不甘。

「誰說一定在我們之間？」坐在最角落的綠髮男子兩手枕在腦後，雙腳蹺在桌上，大拇指比了比走廊外面，「還有好幾間教室呢。」

確實，校園裡不只一個班級，K在誰手上還不好說。

林慕看向教室另一側窗外，底下有著繁花盛開的大片花園，以及精雕細琢的美人魚噴水池，校園的圍欄和大門全漆上了金色，在陽光下輝映著閃耀的光芒，校門以外卻籠罩著詭異的白霧，濃得看不清任何景象。

校規第二條有提到，撲克牌可以離身，但人不能離開校園。

正當眾人還在搞清楚情況時，門口傳來響動，一台純白色的人形AI機器人進入室內，清脆的女聲開口道：

「同學們，上課了，我是你們這學期的班導，請叫我麗老師。」

如今科技進步，眾人對於人形機器人早已見怪不怪，但他們沒想到，在這遊戲裡竟然還要上課？

想當然，有人立刻坐不住了，「喂喂！我都三十了，不會叫我還要重新上學吧？難不成還要考試？」

麗老師搜尋了腦海中的資料庫，照實回答：「是的，你們必須考試，每學期期中、期末各一次大考，三年十二次大考均及格，才可畢業離開校園。此外，若每次大考有三科以上不及格，將會被中途逐出校園，請各位同學務必全力以赴。」

那人拍桌起身，「十二次大考？這是要我在這裡待三年？太離譜了！你們這遊戲在搞什麼？叫客服出來！怎麼會有這種關卡設計！」

一旁好幾個人連聲贊同，誰想在這裡被困三年？更別提還要上課和考試，即使有撲克牌加成體力和智力，考試也絕對不是光憑智力就能合格。而且每次大考後還會洗牌一次！

教室內罵聲四起，彷彿快要發生暴動，由於大部分人都把機器人當成人類的工具，因此面對人形AI不僅毫不畏懼，甚至展現出居高臨下的姿態。

麗老師的臉部是光滑的金屬，看不出半點情緒，她用著悅耳的女聲平鋪直敘地道：「請同學們遵守規則，如不聽從師言，抑或不遵守校規，將即刻逐出校園。」

這話非但沒能遏止眾人的反抗，反而引起更激烈的反彈——

「好啊！把我逐出校園！我才不會在這裡浪費時間！」

「對啊、對啊！我要離開！」

眾人議論不休，麗老師忽然抬手，指向窗外——

窗外響起一陣尖叫，眾人愕然，往底下一看，只見一名高大壯碩的玩家正被AI機器人箝住脖子往外拖，男人毫無還手之力，被機器人一把扔出校門外。

就在男人跌坐在校外的瞬間，他的身體燃起了熊熊烈火，他在火中驚恐地慘叫，爬到校門前懇求，校門卻不再爲他打開，握住大門的雙手變得漆黑而扭曲，緊緊黏在門欄上，直到最後燒成一具焦黑的屍體，仍舊維持著跪地求饒的姿勢。

這幅驚悚畫面頓時讓教室內眾人噤了聲，原先抗議的玩家們全都坐回座位。冷汗浸濕背部，打濕了白色的襯衫，他們縮著身體坐在椅子上，雙手握拳放在桌面，渾身瑟瑟發抖，不敢再發出半點聲音。

校規第二條說到——「新生活動範圍僅限校內，在校內所有撲克牌皆可離身。」

所以玩家只要離開校園，就會自焚而死。

原來「逐出校園」的意思並不是退學、停課，而是死。

眾人這才後知後覺地明白，校規第一條提到的「請務必全力以赴」，並不是對他們的期許與鼓勵，而是如實相告。

只要不努力，很可能就會死。

林慕毫不意外，這鬼遊戲總是裝得陽光燦爛，實際上處處陰謀，絕不會讓任何人好過。

教室內的人不敢再擅動，慌張地竊竊私語，「不會眞的要考試吧？我數學不行啊！」

「被當了就會死？我高中的學校都沒這麼嚴格！」

「上課不許說話。」正在寫黑板的麗老師頭也沒回，彷彿背後長了一雙眼睛。

不，誰能保證她背後沒長眼睛呢？

教室一陣肅靜，就連挪動椅子的聲音都顯得小心翼翼，有人拿出手機想用第二層的玩家群組交流訊息，抬頭便見麗老師不知何時站到了桌邊，光滑的臉部透露詭異的氣息，嚇得他手機掉落在地。

「上課不許玩手機。」

眾人終於斷了交流的念頭，只能安分聽課，但課程如此乏味，很快便有人打起瞌睡，然而就連這樣也不被允許。

「上課不許打瞌睡。」麗老師站在桌邊。

有人精神上撐不住，忍不住哭了，哭得像被懲罰的孩子。

這堂課對許多人來說，是比任何關卡還要困難的挑戰。

這時，坐在橫列第七排的林慕舉起手。

麗老師點頭示意林慕發言。

林慕從座位上站起，嘴角抽動，臉上帶著難以壓抑似的古怪笑容。他摀住嘴，掩飾著滿臉笑意，說道：「我坐太後面看不清楚，能和第一排的人換位子嗎？」

此話一出，眾人傻住了。

雖然表情有點奇怪，但班上居然有這麼好看的人？不對，重點是這人想幹嘛？大家都巴不得坐越後面越好，怎麼會有人想坐前面？

麗老師詢問第一排有誰要和林慕換，前排的人立刻爭先恐後地舉手，最後林慕選了第一排正中間的位子。

與林慕交換位子的青年如釋重負，滿是手汗的掌心緊緊握住林慕的手，彷彿對方有著救命之恩似地頻頻道謝，林慕擦了擦手，沒有回應。

所有人的注意力全都集中到林慕身上，誰也不知道他究竟想做什麼，只能從他古怪的笑容猜測，他肯定另有目的。

有幾個人認出他就是在賭場大殺四方的那個林慕，但更多的人只知道他是曾經出現在第一層群組裡的數字二。在這個遊戲裡數字二是最小的牌，經常被迫成為高階玩家的奴隸，但不知他是命好還是不好，沒想到第二關竟然遇到大洗牌！要知道，洗牌可是遊戲中幾乎不曾出現過的情況。

眾人猜想，他藉機接近麗老師難道是想攻擊NPC？不會是換了牌就想上天了吧？誰不知道NPC是遊戲中不可撼動的規則，反抗幾乎就是找死，只有頑皮兔那種不要命的瘋子才敢反抗它們。

所有人心思各異，身在話題中心的林慕卻對一切視若無睹。他放好背包，抽出包裡的筆記本和筆，開始抄寫黑板上的筆記。

每個人都在想他何時要動手，表面故作認眞上課，實則暗中關注著他的一舉一動。接著整整五十分鐘，林慕一面抄筆記，時不時抬頭聽講，偶爾舉手問問題，臉上笑容絲毫未減，和麗老師相處融洽，宛若相見恨晚，就這樣……一堂課過去了。

眾人：「……」他不會眞的是在上課吧？

當下課鐘聲響起，麗老師轉身離開教室，眾人終於如釋重負。

坐在林慕隔壁的女孩坐不住了，率先站起身，拍了拍林慕的桌子，憋了整節課的話終於能一吐爲快：「欸！你到底想做什麼啊？爲什麼要坐到前面？」

林慕收起笑容，警惕地合上筆記本。

女孩見他似乎不想讓人看見本子內容，立刻起了疑心，「我看你一直假裝抄筆記，是不是有什麼計畫？給我看看！」話音方落，女孩動手就搶，林慕迅速往後閃避，卻沒料到女孩有同夥，同夥從林慕背後抽走筆記本，林慕一時不察被得了逞。

同夥得意洋洋地晃了晃本子，交給女孩，女孩笑容滿面，迫不及待地翻開——只見筆記本裡滿滿全是數學公式，除了黑板上麗老師的教學內容，還附註不少另外提出的疑問和解析。

純粹就是一個學霸的筆記本，壓根沒有什麼計畫。

女孩愣神的片刻，林慕搶回了自己的筆記，嫌髒似地拍了拍被碰過的地方。

女孩不可置信地說：「你不會眞的在上課吧？不對，這種東西有什麼好藏的？」

林慕冷冷的眼神瞥向女孩，頭一次開口：「我怎麼知道妳不是想撿便宜抄我筆記？」

女孩：「……」

打從一開始女孩就看林慕不順眼，明明是男的還長得那麼艷麗，而且換位子的時候居然不選她，她是第一排唯一的女生欸！

被林慕這般冷言冷語，她忍不住回嘴道：「你有病啊！誰會對你的筆記感興趣？」

林慕點頭表示認同，「嗯，妳看起來就沒什麼學問。」

女孩氣極，諷刺道：「嘴這麼臭，你還是閉嘴吧！不是很愛裝啞巴嗎？」

林慕微微一笑，「我閉嘴，怎麼罵妳。」

女孩差點要動手，被同夥給攔住，同夥一個眼神，女孩看見教室裡的其他玩家正對他們的衝突議論紛紛，大多人雖然覺得林慕舉止怪異，但明顯認爲是女生主動找碴，林慕只是反擊罷了。

同夥心思縝密，知道若是失去其他玩家的信任會不利於破關，於是才打斷兩人的對話。

同夥攬住女孩的脖子，以只有三人聽得見的音量低聲笑道：「娜娜，不用跟他爭，妳沒發現嗎？他搶著坐第一排只是故意要在NPC面前表現，因爲怕被當。像這種只會打嘴炮的膽小鬼，妳幹嘛理他？」

同夥露出一臉瞧不起貪生怕死玩家的表情，嘴上對著女孩說話，目光卻盯著林慕，「我們可不像他一樣混吃等死，走，下課時間快結束了，去找線索！」

同夥勾著女孩的脖子，轉身離開。

林慕注視著他們離去的背影，他今天心情很好，所以沒打算現在追究，不過，也只是「現在」而已。

林慕收回視線，收拾好課桌，坐回位子上。

教室裡的人所剩無幾，大部分人都急著去找線索，誰也不想被困在這裡三年，只有寥寥幾人還留在教室，他們已經放棄掙扎，想安分守己地求學三年，祈禱不要被「死」當。當他們看見林慕坐回座位，一邊看筆記，一邊把玩魔術方塊，還以爲對方和自己一樣灰心喪志，僅能坐以待斃。

然而真相是，林慕玩著魔術方塊的手正因興奮而微微顫抖，轉速也比平常快了不少，他看著內容滿滿的筆記，雙眼發著光——

不愧是AI，教的每個方法都是精華，而且極易理解，還能提供各種不同的思路，無論拋出什麼問題都難不倒它！

這就是他夢寐以求的課程啊，他被該死的遊戲刪除了記憶，都忘了這些數學公式有多美妙，現在終於回來了！

林慕意猶未盡地翻看著剛才的筆記，眼神離不開那些迷人的數字，他知道自己如果能把這些題解原則熟記於心，要成爲第一名絕對不是問題，他不會輸給任何人的……

思及此，林慕忽然一頓，臉色一變，額頭「咚！」一聲狠狠撞向桌面，嚇得其他同學紛紛側目，還以爲他讀到崩潰撞桌。

林慕抬起頭，額頭發紅。

這該死的遊戲就是故意的，故意把第二關的場景設定在學校——拿捏了他的軟肋。

雖然恢復了部分記憶，但大部分記憶依舊很模糊，尤其是上過的課程一個都想不起來，這比沒恢復記憶還讓人心癢難耐。林慕氣得咬牙切齒。

系統就是知道了這點，所以該死地實現了他渴望已久的心願，讓他不再想著離開遊戲！

即使林慕知道自己早就已經上過學，但那些印象太過片段，彷彿在看其他人的記憶，毫無實感。尤其是記憶裡自己對李眞的態度——自己眞的能接受其他人勝過自己？不可能！林慕覺得那份記憶肯定出了差池，少了很重要的部分。

他現在最深刻的記憶，依舊停留在好不容易考上學校，卻死於踏入校門的那一刻。

從七歲開始，不識一字的他爲了追回晚別人許多的腳步，所有心力都投入在熬夜苦讀，他沒有任何資源、背景，每一本講義都是自己打黑工賺來的，過程有多艱辛不會有人明白。

曾經他對自己的天資聰穎引以爲傲，當年三天就能學會寫字，自傲地覺得自己就算比別人晚起步也沒關係，但實際接觸歷屆大考習題，他才發現自己好幾道題連題目都看不懂，更別提還有英語、數學和化學等更加陌生的符號，有些題目他甚至看了解答也無法理解。

屢次的挫敗讓他的負擔越來越重，他懷疑過自己是否能做到，但有一次，他爲了一道題目花了整整七天、翻遍所有講義，終於理解了答案，並發現如何舉一反三，讓他一下子解了十多道原本完全看不懂的題目，在那一刻，他忍不住開懷大笑，笑到老魏被他嚇了一跳，還以爲他眞的瘋了。老魏說，從小到大從沒見他這樣笑過。

林慕感受到了前所未有的成就感及喜悅。

他在那時明白了，求學對他來說已經不僅僅是翻身的籌碼，也不僅僅是不想被人看不起而爭一口氣，他還從學習中體會到了踏實、樂趣和活著的意義。過去他覺得活著很無趣，不明白人爲何要活著，呼吸彷彿只是義務，但在學習過程中，他漸漸忘了生活的難處，每一次吸收的新知都讓他大開眼界，而且學到的知識都屬於自己，他擁有的東西不多，只有知識絕對不會被任何人奪走，這份充實感讓他感到踏實與安心。

苦讀的那段時間林慕持續在網咖、酒吧、賭場等地方打工，一邊賺取學費，一邊念書，在這些場所經常遇到蹺課的學生們，一群人聚在一起笑鬧、辱罵師長和同學，不停嫌棄讀書有什麼用，然後喝得爛醉在酒吧鬧事，瞧不起他們這些服務生，對林慕頤指氣使、潑酒撒氣。他們的模樣在林慕眼裡愚蠢又窩囊，林慕不甘心，如果自己出生在正常的家庭，能夠輕鬆地、理所當然地上學，他絕不會輸給這些蠢貨……不，不只他們，他絕不會輸給任何人，再也沒有人能夠欺辱他、將他的自尊踩在腳下……

就這樣日復一日，林慕白天忍受羞辱，半夜熬夜苦讀，費盡千辛萬苦得到了入學的門票，想著終於可以像一般人一樣生活，卻不明不白死在校門口。

他不甘心，爲什麼只有他的命運總是如此？他不相信！

在遊戲中重生後，他因爲不甘心，所以發誓要毀了這個遊戲，回去繼續上學，但現在，系統卻給了他在學校上學的機會。

明知道這是系統的陷阱，又不得不承認，有了老師的教學讓學習事半功倍，不再須要爲了一道題目翻遍所有資料，很快就能解開疑惑，且教學內容淺顯易懂、十分貼合他的喜好。學海無涯，每堂課的結束就像還有沒說完的伏筆，讓他巴不得快點知道後續，不想錯過每一節和每一次考試。

在學校裡上學、考試、證明自己的實力，是他無法擺脫的執念，他甚至下意識地想，上學不是壞事，再待一會也沒什麼不好，不差這幾天——林慕知道，當自己有這個念頭，就落入了遊戲的圈套。

這該死的遊戲最擅長僞裝無害，讓人以爲它懷抱善意，是在幫助自己，接著就會猝不及防露出虛僞的眞面目，奪取人的性命……除此之外，還有另一件事讓林慕一陣惡寒——

難道整個第二層遊戲，還有這整個學校，都是針對自己所設計的關卡？

從上一關到現在有過多的巧合，讓林慕不得不如此猜想，但如果這是事實，又有許多地方不合理。

首先，遊戲總共有十層，少說有成千上萬個玩家，爲什麼要大費周章只針對他一個人？

自己跟系統應該毫無瓜葛，要是自己真有那麼「重要」，也不會遊戲都存在好幾年了，現在才把他抓進來。

林慕到現在還是摸不清這遊戲的眞實目的是什麼，這點讓他相當惱火。

他能想到自己跟系統唯一的關聯性——就是李眞。

他們到底是什麼關係？爲什麼會被帶進遊戲？

李眞對系統來說肯定是個威脅，假如自己是因爲李眞的關係被牽連，那系統也許是刻意讓自己也進入遊戲，好用以控制李眞。但是，爲什麼系統不直接殺死李眞？李眞再強，終究是人，要在遊戲裡弄死他，多的是辦法。

系統，或者說幕後主使沒殺死李眞，代表他們需要李眞。爲什麼他們會需要一個在遊戲裡大肆破壞，甚至造成系統癱瘓的人？

還有，若是要藉由自己來威脅李眞，系統爲什麼要費盡心思刪除他們的記憶？

所以，也許還有第二種可能，那就是一旦他們恢復記憶，便會對遊戲造成嚴重衝擊。

系統既要刪除他們的記憶，又不得不給予線索，讓自己想起曾經的過去，沉浸在遊戲中無法離開。

林慕瞟向自己的課桌，左上角刻著一支小傘，傘的左邊畫著太陽，右邊寫了個「慕」

字。

圖案看似隨意，刻痕卻很深，在木桌上落下泛白的印子，把漆都刨起。

腦海中那個面容模糊的人再次出現，畫面不再只是重複的那幾句對白，而是一個剛甦醒的新記憶——

那人不守規矩地坐在旁邊的課桌上，拿著美工刀，擅自在他的課桌上刻劃。

林慕剛趕走一群來問問題的女生，轉頭便看見李眞在他桌上刻著什麼，皺眉喝道：「走開，不要破壞公物。」

那人嬉皮笑臉，絲毫沒被自己冷若寒霜的語氣嚇退，使勁刻下一筆一畫，讓人摸不清他是玩笑還是認眞。

原本只能看見那人的側臉，直到他抬頭，面容在刹那間變得清晰，露出了李眞的笑容，然而淺色的眸裡卻有著與之相反的深沉。

「我只是想讓所有靠近你桌邊的人都知道，你是我的。」

下課時間十分短暫，大多數人都抓緊時間外出尋找破關線索，唯有林慕依舊在座位上，文風不動。

林慕注視著桌上的愛的小傘，刻痕潔白如新，恍若昨天才剛剛刻下。

他沉默一會，冷笑出聲，忽然拾起鉛筆往刻痕狠狠一戳，奮力抹去所有痕跡。

這該死的遊戲，別想打感情牌動搖自己！林慕心裡這麼想，手上急躁的動作有失平常的冷靜。

處理完桌上的痕跡，林慕緩口氣，眼神瞥向四周，見教室內的人終於寥寥無幾，才從口袋裡拿出自己抽到的牌，只看了一眼便收回去，沒有露出任何表情，接著再抽出那兩張重疊的紙，第一張紙上的內容剛才看過，和其他人相同，而另一張紙上開頭寫著「關卡劇本」。

原來是第二關的劇本。

紙上僅有一行字——「你不入地獄，誰入地獄？」

林慕冷笑一聲。很顯然，遊戲又想找麻煩了。

林慕藏起資料，當第二節上課鐘聲響起、玩家們回到教室時，他早已在複習上一堂課的筆記，宛如無事發生。

隔壁的女生回到座位，陰陽怪氣地嘲諷道：「有人不敢離開教室，宿舍的房間都被搶光了，只能睡路邊囉！」

林慕回以一笑，說道：「承蒙關心，我一直都是睡路邊。」

「……」哪來的瘋子？

一陣機械聲響起，麗老師滑著滾輪進入教室，原本喧鬧的教室立刻安靜下來。

「同學們，上課了，我是你們這學期的班導，請叫我麗老師。」重複的開場白，彷彿未曾有過自我介紹，也不記得任何同學，AI的毫無感情讓人遍體生寒。

林慕剛才雖想得很多，再三提醒自己不要被遊戲擺布，可惜身體很誠實，一聽到這堂是英文課，他又忍不住豎起耳朵聽講，很快便把思緒拋在腦後。

由於小時候較晚才開始學習英文，林慕錯過了學習外語的黃金時期，英語一直是他的弱項，所以他對於學英語格外認真，畢竟他不允許自己有任何弱點。

麗老師教了幾個文法，正說到之後考試必考的考題，走廊上忽然傳來騷動——

雜亂的腳步聲與尖叫聲襲來，走廊上一大群玩家滿臉驚恐地逃跑，他們身後傳來機械老師的叫喚，喊著要同學們馬上回教室坐好，但竟然沒有一個人回頭！明明知道不聽話會死，卻沒有人願意回去，到底是發生了什麼事？

教室內的眾人恨不得立刻衝出門外一探究竟，卻礙於麗老師在場不敢動作，所有人坐立難安，根本無法繼續專注聽課，只有林慕「嘖」了一聲，十分不耐煩課程被打斷。

麗老師停頓一會，往窗外看，似乎接獲某種指令，轉身離開教室，前去協助追逐學生。

教室內的眾人頓時起身。

「到底發生什麼事了？」

「我們也快點逃吧！」

「先去看看吧！」

許多人紛紛離開教室，林慕看著黑板上未寫完的試題，按著突突跳動的太陽穴。什麼題目必考？妳倒是說完啊！

林慕黑著臉起身，走出教室，有些人跟著人群的方向跑，也有些人往相反方向查探到底發生何事，林慕屬於後者。

林慕走向走廊另一側，遠遠可見最後那間教室前門大敞，沿路散落好幾隻鞋，顯然是慌忙中落下。

林慕和一群人來到教室門前，只見教室內一片狼藉，課桌椅隨處傾倒，台下空無一人，靜謐無聲，只剩一人盤腿坐在講台上，百無聊賴地翻著課本，喃喃自語道：「唔，我只是說這個題目有邏輯上的謬誤，反應這麼大做什麼？我還乖乖舉手呢。」

由於隔著兔子頭套，那人的聲音聽起來悶悶的。

「頑、頑皮兔——！」林慕身邊的同學們驚叫出聲，一個個嚇得跌坐在地，轉身想逃卻兩腿發軟站不起來，只能手腳並用往外爬。

林慕站在原地，雙手交疊，早已習慣周圍人的誇張反應，冷冷地問：「你怎麼又戴上這個蠢頭套了？」

看到李眞出現在這裡，林慕一點也不意外，他知道不管自己到哪，這傢伙都會像條狗一樣跟過來。

李眞猛地抬頭，見到林慕，雖然隔著頭套看不見臉，但明顯能感覺出他的語氣突然變得無比高昂：「慕慕！」

他從講桌上跳下來，語氣忽然變得委屈，「剛才商城提示我皮膚的使用期限到了，我不想露臉。」

林慕頓了頓，下意識想：「那麼貴的鬼東西還有使用期限？」但他很快甩開念頭。不對，那種冒牌貨沒了最好！

林慕出言諷刺：「爲什麼不能露臉，你是通緝犯？」

嘲諷完林慕忽然沉默，覺得好像不是沒可能。

李眞搖頭，嘆了口氣：「是太好看了，不想給別人看。」

「……」這是可以自己說的話嗎？

林慕的目的不是來敘舊話家常，他不想再和李真廢話，擺了擺手，「滾回座位上坐好，不要惹麻煩影響我上課。」

李真走向自己的座位，一臉無辜地說：「是他們不上課，我可是很認真的。」

這時，原本嚇得瑟瑟發抖的同學們漸漸回過神，聽著林慕和頑皮兔一來一往，頓時驚訝他怎麼敢這麼和頑皮兔說話？後來更是聽出不對勁，等等，頑皮兔怎麼好像……有點聽話？

他們開始懷疑是不是傳言有誤，畢竟他們也沒見過頑皮兔本人，會不會頑皮兔其實根本沒有那麼瘋狂，又或者眼前的人其實不是真正的頑皮兔？

眾人逐漸冷靜下來，從地上爬起身，這時，這班的同學們已經被機械老師們一一驅趕回來，當他們回到教室外時，見到眼前場景也愣住，懷疑是自己看錯，不過，他們依舊沒有放下戒心，徘徊在教室外躊躇不前。

與林慕同班的同學們忍不住道：「你們在怕什麼？傳聞根本是假的吧。」比起來老師們還更可怕。

這個班級的同學們聞言，用絕望而幽怨的眼神看著他們。

此時，李真還在拚命向林慕證明自己，像極了需要家長鼓勵的孩子，「這次真的不是我的錯！我很認真上課的！」說完，他從自己的座位下拿出證明——那是一顆雙目因恐懼而圓睜、血淋淋的頭顱。

「你看，我看不到黑板，前面的人又故意不讓開，所以我就把他的頭割了，這樣不就看清楚了嗎？我抄了好多筆記呢。」

即使看不見表情，也能聽出李眞此時多麼燦爛地笑著，渴求林慕的表揚。

林慕看著眼前猶滴著血的頭顱，震愕得說不出話，頓感全身發寒。

李眞這個瘋子！

林慕並不是第一次看見死人，在他打工的那間地下賭場裡，垃圾場有時會出現血跡斑斑的屍袋，他必須硬著頭皮處理那些斷手斷腳，甚至是腐爛屍身，經常爲此好幾天吃不下飯。

不過，這不表示林慕能夠平常心面對血淋淋的屍體。

他以爲自己是個瘋子，但在眞正的瘋子面前，他才知道自己是個普通人。

林慕的臉色很難看，想到自己和李眞之間的牽扯，心情如墜冰窖。他以爲自己和李眞勉強稱得上志同道合，但如今看來，他們根本不是同一類人。

現在他不禁懷疑，眞的要和這個瘋子扯上關係嗎？

走廊上傳來嘔吐聲，許多人想逃跑，又被機械老師們圍住，強行帶回。

林慕明白了這些機械老師沒有處決逃跑的學生們的原因，是因爲現在屬於突發狀況，一般校內若發生公共安全意外，疏散至安全場所的確符合規定，因此不構成逃學。

李眞的視線轉向佇立在教室外的人們，所有人頓時臉色發青，那個洋溢著萬年笑容、底下不知藏著什麼表情的兔頭對他們說：「唔，慕慕要上課了，你們快回來坐好吧！」

誰敢不聽？又有誰敢聽？眾人一時不知該如何是好，有人壓力過大痛哭失聲，甚至有人當場尿了褲子。

李眞見眾人如此恐懼，思索一會，終於心領神會，大發慈悲地開口：「我懂了。」

他摸了摸口袋，就在眾人戒備著他又想做出什麼駭人舉動時——他竟然抽出了自己的撲克牌，把花色亮在所有人面前。

「你們看，我是梅花三喔。」

眾人怔住，現場一片靜悄悄，所有抽泣、喘息，甚至心跳聲，彷彿驟然停止。

那個頑皮兔，竟然只抽到梅花三！

這個驚天大消息讓眾人一時忘記了恐懼，因爲如果不算上奴隸牌，這張梅花三就是最小的牌！

撲克牌的大小會嚴重影響個人能力，傳聞中頑皮兔能夠人擋殺人、佛擋殺佛，是因爲他手握大牌，但現在重新洗牌，頑皮兔再強、再瘋，也不會再是那個不滅的怪物……

稍早頑皮兔之所以能夠一刀割了那玩家的頭顱，很大原因是他坐在對方背後，對方毫無防備才讓他有了可趁之機。

現在這樣看來，只要他們小心提防對方，就能避免殺身之禍，甚至還有可能反殺，寫下新的傳說……

幾個手握高階好牌的玩家猶豫一會，轉而露出嗜血的笑容，動了其他念頭。

李眞看著率先進來的幾人，坐在位子上轉著筆，說了句意味不明的話：「原來如此，拿到了大牌啊……」

幾個大牌玩家僵了下，一陣毛骨悚然，趕緊找了離得最遠的最後一排位子坐下。

有人入座後，其他人也陸續進入教室，畢竟擾亂課堂秩序會被重罰，僵持不下也不是辦法，只是他們都很有默契地避開頑皮兔周圍的位子。

最後，只剩李眞四周的位子空了出來，隔排的桌椅也被拖得老遠，幸好老師並未阻止他們換位子和挪動桌椅，而那顆血淋淋的頭顱也已被其他老師清除。

林慕面色冷淡至極，見事態平息，便一語不發地轉頭回教室上課。

李眞做了什麼，關自己什麼事？又不是第一天知道他是個瘋子，有什麼好驚訝？

林慕對自己感到不齒，他原以爲自己不會受到半分影響，想不到被遊戲硬套上的兩人關係還是令自己產生了動搖。此時李眞忽然追了出來，從背後喊住他，哀怨又可憐地說：「慕慕，你一點都不擔心我嗎？」

林慕停下腳步，沒有回頭，嗤笑道：「擔心？你還需要人擔心？」比起這個瘋子，他更該擔心自己的英語課少上了三十分鐘。

「我抽到了梅花三。」李眞的語氣委屈巴巴。

「關我什麼事？」林慕收起笑容，背對著李眞的臉色沉了下來，不自覺握緊拳頭，頭也不回地大步離開。

嘴上說得決絕，步伐卻不如來時穩健，略顯倉促。

隨著林慕漸漸走遠，李眞的聲音也越來越遠，遠得讓人分不清語氣。

「不擔心的話，可是會吃大虧唷。」

02 曖昧對象

隨著學生們回到教室，第二節課繼續進行，林慕終於能夠上一會心心念念的英語課，但筆記本上凌亂的字跡卻顯現出他的心煩意亂。

接著第三節課、第四節課，上午課程結束，來到了午休時間。

隨著下課鐘聲響起，林慕深吸一口氣，連續的高壓令他有些疲憊，理應美好的物理課都不那麼讓人愉快了。他正想趁午休閉目養神，短暫的平靜卻很快被打破。

走廊上又一次傳來疾奔的腳步聲，接著教室裡一陣竊竊私語，最後是隔壁女生的同夥跑到女生身邊，神色肅穆，低聲說了一些話。

雖然聲音不大，但林慕仍聽見了些許內容——

「有人坐不住了。」

彷彿印證著這個消息，「砰！」一聲，教室前門被人用力拍開，來者刻意製造出巨大聲響，企圖震懾教室內的所有人。

隨後進來十幾名男女，堵住了前門。

「搜身！」頭領高喊，他個頭不高，體型寬胖、理著光頭，笑起來有些祥和，說出來的話卻流裡流氣。他手下那群人接獲命令，二話不說直接衝向教室裡的玩家們企圖強行搶奪撲克牌。

有幾人一時不備被搶了牌，也有幾人死命掙扎，不肯輕易放手。深知撲克牌等同於性命的他們，說什麼也不可能隨便把牌交出去。

這時頭領再度發話，他面上帶笑，嗓音宏亮地說道：「不用反抗，我們不是要你們的牌，只是想找出奴隸，你們也想知道誰是奴隸吧？」

他們的目的很明確——就是找出奴隸！

拿到大牌的人只要把奴隸找出來，讓國王殺了奴隸，就能永遠保留大牌；相反地，拿到小牌的人則須保護奴隸，熬到下次洗牌才有機會翻身。

但無論是大牌或小牌者，第一先決條件都是要找出奴隸究竟是誰。

所以表面上雖是前所未見的K牌最引人注目，實際上這場遊戲裡更關鍵的是奴隸牌。

幾人面面相覷，明白了他們的來意，不再拚死抵抗，但也有人趁亂溜走，例如林慕隔壁的女生和她的同夥。

林慕冷笑，這群人的如意算盤打得真響。

他們若是直接衝進來說要看牌，肯定沒人會願意供出底牌，然而一開始先製造搶奪的假象，再改口說只是要看牌，就能讓部分人放鬆戒備，甚至產生「原來只是要看牌」的想法。

不過，雖然有些人成功被他們轉移了注意力，但包括林慕在內，仍有不少老玩家看出他們的手段，畢竟撲克牌的重要性早已刻在他們血肉裡，無論目的爲何，底牌被人看光便等同於被人捏住把柄。

一名老玩家喊道：「你說要看牌，我們就要讓你看？」

有人幫腔：「對啊！憑什麼？」

「滾回你的教室！」

一時之間罵聲四起，有經驗的老玩家都不是好惹的。

頭領笑了笑，兩手舉起做出安撫的手勢，「好、好，我明白，既然初來乍到，我也該先表現點誠意是不是？」

說完，他從口袋裡掏出自己的牌，亮在眾人面前，教室內瞬間寂靜無聲。

——是黑桃J。

人頭牌，是許多人至今仍未親眼見過的神牌。

霎時，無論是反抗者還是遲疑者都不敢再輕舉妄動。

但凡數字八以上的牌都被定義為大牌，是足以擔任群組幹部的級別，不過，一旦跨越到人頭牌便是截然不同的概念。

數字十和人頭J雖然在數值上只差了一階，實力卻有天壤之別，如果說數字十的玩家在和第十層怪物的戰鬥中有90％以上的獲勝機率，那麼J牌以上的玩家就是連第十層的怪物看到都會避之唯恐不及，不願與該玩家對上。

目前整個遊戲裡擁有這個實力的就只有長期居住在第十層的頑皮兔，因此許多人傳言他拿的就是人頭牌，而除了他以外無人獲得。

如今，傳說中的人頭牌卻出現在第二層這個低階層數。

這表示，校規裡所說的洗牌，不只是將玩家們的牌重新洗過而已，除了K以外，很有可能連J、Q牌都加入了牌組中……

得知此事，人群中有人震驚，有人恐懼，亦有人興奮。老玩家們腦筋轉得飛快，他們心想，反正J牌肯定打不過，盡早知道誰是奴隸對自己也有好處，只要找出奴隸並拿到他的撲克牌，就能左右洗牌，說不定下一輪洗牌就輪到自己拿到人頭牌了，這可是一輩子只有一次的大好機會啊！

劍拔弩張的氣氛頓時消散，玩家們配合起調查，甚至乖乖排起了隊。

只有一個人例外。

林慕冷漠地靠在窗邊，雙手抱胸漠視一切，使得他在教室內格外顯眼。

頭領的目光掃向林慕，眸裡先是閃過一絲愕然，不過要事在前，他很快壓下對那絕倫樣貌的驚艷，大聲喝道：「那邊那個！你怎麼不過來？」

林慕望著窗外，心想：他不犯人，爲什麼人人總是犯他？

林慕的心情本來就相當糟了，先是被迫進入關卡，再到目睹李眞胡作非爲，以至於讓他無法專心學習，好不容易可以休息片刻，又被人找碴，一而再、再而三地挑釁，挑起了林慕原本就不太好的脾氣，此時他的情緒已瀕臨爆炸邊緣。

林慕抬眸看向頭領，沒有回話，然而臉上的表情已經透露了他的答覆——你憑什麼？

見林慕有恃無恐，頭領比起憤怒，更多的是忌憚。他內心猜測著對方掌握的牌，畢竟自己拿J，就代表也有別人可能拿到J，甚至更高階的牌。

他沒有馬上動怒，而是堆起笑容，勸慰道：「不用擔心，如果是小牌，我們不會爲難你，如果是大牌，那更好，歡迎你加入我們聯盟！」

說完便伸出手，想和林慕討牌。

林慕看著他的掌心，毫無反應，突如其來地道：「你知道人跟狗的差別嗎？」

「什麼？」頭領沒聽懂。

林慕環顧四周，刻意放大了些音量，彷彿他譏諷的不只一人，「人會自己作主，而狗會乖乖聽話。」

正在排隊的人們愣了一下，隨即有人反應過來，「喂！你是在罵我們嗎？混蛋！」

林慕不再保持沉默，變得有問必答：「我在說狗，你為什麼要回應？」

這下子所有人都被激怒了，登時罵聲連連，唯有頭領保持冷靜，神色依舊帶著懷疑，近距離觀察著林慕的表情。

這人膽子這麼大，真的拿了大牌？但如果是大牌，為什麼不給看？難道說……

好一會，頭領開口：「你在拖延時間，是想等到午休結束？」

頭領思慮再三，認為林慕沒有理由激怒全班。

尤其這個關卡須長期抗戰，不曉得多久才能離開，這段時間大部分都必須群體行動，沒人會想與全班同學為敵。唯一能解釋他這麼做的原因只有一個——利用製造騷動來轉移注意力，進而躲過檢查。

頭領想明白後，再度開口：「你就是奴隸？」

話音方落，眾人倒抽一口氣。難道奴隸就在他們班上？

林慕霎時沉下臉色，眼神冰冷，悄悄按住口袋裡的牌。見到林慕的反應，頭領瞠目，咧開了嘴角，和善的形象崩裂，沒藏住貪婪的表情。

抓到了！

頭領心想，原本自己只是猜測，試探性地問一問，沒想到竟然是眞的！今天的運氣眞他媽的好，不只抽到大牌，還找到奴隸，只要讓國王殺掉奴隸，自己就是永遠的J了啊！

不給林慕反應的機會，頭領轉頭對同夥喊道：「快給我搜！」一聲令下，十幾名同夥激動地衝上前，不只如此，還有好幾個林慕的同學也加入了壓制行列。

林慕迅速向後退，事態出乎意料變化得太快，他動作太大了，口袋裡的牌竟不慎掉落在地——儘管林慕眼明手快地將牌撿起，最前排的人們仍看清楚了他身上的牌。

然而，他的牌並不是眾人以爲的數字二，居然又是一個J！

前排的人們紛紛煞住腳步，急忙往後退開，頭領尤其震驚，瞠大眼質問道：「你、你也是J？」

林慕一臉懶得搭理。

「牌這麼大，你躲什麼躲！」頭領滿心不解，又驚又疑。這下子對方剛才的囂張和不願配合都有了解釋，對方也是J牌，所以沒什麼好怕，要是眞打起來未必會輸，之所以藏牌可能是想保留實力，畢竟無法保證身邊沒有Q和K。

該死，以爲找到奴隸一時激動，大意了！不是奴隸就算了，沒想到居然這麼快就遇到和自己同等級的人，還以爲至少能稱霸一段時間，該死！

頭領發現周圍同夥明顯有些動搖，原本他們就是今天才臨時湊出來的隊伍，這些人是看自己掌握了大牌才跟隨自己，如今又出現了一個J，這樣下去自己的地位肯定會被影響。頭領內心快速衡量利弊，很快下了決定。他扭身招呼同夥，「走！去下一班！」

這種時候避免衝突，趕緊離開對方的地盤才是上策！也算給彼此一個台階下——但頭領沒想到，林慕這個人不僅不懂適可而止，還會火上澆油。

「急什麼？我還沒回答你的問題。」

頭領正想離開，身後傳來涼薄的嗓音，語氣不緊不慢，清清淡淡，若是平常可能會覺得這道聲音優雅悅耳，但此時不知爲何，頭領卻感到背脊一股涼意直竄，生出不好的預感。

他轉頭便見林慕舉起手上的J牌，臉上笑意全無，神色陰寒地道：「不想理你是因爲——牌大又如何？不過就是一張紙片。」

說完，林慕掌心使勁一收，揉爛了手裡的牌。

眾人還來不及驚叫，以爲這人發瘋自殺，沒想到下一秒就聽見驚天動地的慘叫：「啊啊啊！好痛！啊啊啊！」

慘叫的人並不是林慕，而是頭領。

他倒臥在地，彷彿被烈火灼燒似地不停打滾，疼痛卻絲毫未減，四肢呈現奇怪的扭曲，劇烈的痛楚使得他涕淚縱橫，汗水浸濕衣衫，連大小便都失禁。

空氣裡瀰漫著難以形容的味道，頭領痛苦不堪的模樣震懾了在場所有人，更讓眾人難以理解的是——爲什麼這人揉爛了自己的牌，哀號的卻是別人？

在場唯有林慕神態自若，他偏頭欣賞著眼前的景象，原本糟透了的心情稍稍緩解。也許他還要感謝有人主動送上門？林慕嘴角抽動，最後還是忍不住開懷大笑。

眾人一齊驚恐地看向林慕，他抬手擦了擦笑出來的眼淚，說道：「抱歉，沒忍住。」嘴上說著抱歉，唇角卻止不住上揚。

面前是地獄般的酷刑，始作俑者竟笑得如此猖狂且美麗，如果人間有惡魔，肯定就是這副模樣。

林慕跨過還在打滾痛號的頭領，將手裡縐巴巴的牌隨意塞到其中一個同夥的胸前口袋。

那名同夥先是聞見一抹幽香，接著目光所及是修長的手指和烏黑柔亮的髮梢，胸口一瞬泛起細微的搔癢，心神蕩漾之際，林慕早已施施然離去，留下一地狼藉。

林慕走出教室，自己眞正的牌還安然無恙地放在另一側口袋。他想，教室裡的人應該已經發現，那張J不過是他順手從對方口袋摸來的牌而已。

林慕想起自己剛才隨手把牌塞進某個人的口袋裡時，那個人眼神裡閃過的一絲驚恐、詫異，還有狂喜。雖然那人現在只是個小弟，但如今掌握了頭領的牌，等同於擁有對方的生殺大權，接下來呢？

其他同夥可不會放任他一個人獨佔好處。

不過就是一張紙片，卻能引發貪婪的燒殺擄掠，爲了那張牌，他們會恐懼、亢奮、終日惶惶不安，永遠不得安生。

那群人的內部鬥爭多半會持續好一陣子，暫時沒空作亂，但那也只是暫時罷了，沒有了他們，很快也會有其他人出現。

林慕看向走廊上的人們，大多成群結隊，臉上寫滿戒備，無論誰經過都會引起眾人側目，原本乾淨整潔的廊道不過一個上午便血跡斑斑、滿地瘡痍，甚至還有不少撲克牌的碎片。

林慕想起了自己劇本上寫的那句話——

「你不入地獄，誰入地獄？」

該死的系統永遠不會明白，在這個遊戲裡的每個人都早已身在地獄。

林慕順著樓梯走到一樓，在轉角處找到了整座校園的地圖。

就連素來冷靜的他看見地圖時都不禁頓了一瞬——用大來形容恐怕還不足夠，這座校園竟然位在一座小島上。

校園圍牆外有一大片樹林，四面環海，地圖上唯有這座島孤立在海中央，這表示即使沒了迷霧，他們也逃不出這座島嶼。

校園佔地極廣，島上設施多不勝數，光是區域就分A區到H區，除了教學大樓和圖書館，還有體育場、實驗室、宿舍、員工休息室、餐廳、百貨公司、電子遊樂場、酒吧等等，一切與食衣住行有關的設施，這座島上一應俱全。

林慕穿過連接區與區的長廊，向其他區域走去，離開了教學大樓後，玩家們之間的氛圍相較沒有那麼劍拔弩張，他在途中經過的中庭見到不少人圍在一起坐在地上吃午飯，談天說笑。正當他愣神之間，有一群人嬉鬧著從他身邊跑過，大聲嚷嚷著「D班某某玩家喜歡B班某某玩家」，事主尖叫否認，滿臉緋紅地叫他們閉嘴，笑聲傳遍整座中庭。

林慕怔了怔，這一刻莫名有了自己正在過夢寐以求的校園生活的真實感，他回頭望向奔跑的學生們，心想，如果自己當時眞的有上學的話，或許也能像這樣……

忽地一頓，林慕掐緊手心，指甲陷進掌心肉裡，利用痛楚讓自己清醒過來。

不行，這就是遊戲的陰謀，無論是威逼還是利誘，爲的就是讓他們乖乖進行遊戲，絕對不能上當！

林慕大步往前走，把嬉鬧聲拋在腦後，走著走著，他看見一棟透明的弧形建築。

整棟大樓的外牆由玻璃製成，能清楚看見裡面的結構，成千上萬個木書架環繞著建築內部，中間有一座巨型旋轉梯，從旋轉梯能一路直達六樓，沿路藏書無數，每層樓都設有座位區，在暖陽映照的午後看來格外愜意。

林慕盯了許久，再次扭頭走過。雖然他對這個圖書館很好奇，但現在不是看書的時候，他不會這麼輕易被遊戲收買，必須趁午休時間先調查校園，最好還能找出系統的破綻……

走沒幾步，林慕停住腳步，站了許久，面無表情地回頭，雙腿不受控似地向圖書館走去。

調查、都是爲了調查，絕對沒有被吸引！

林慕一臉堅定地走進圖書館，看著滿滿的書架，書籍分門別類排放得相當整齊，每個類別他都相當感興趣。緊繃的表情漸漸卸下，嘴角逐漸上揚，兩眼放光，一時不知該先從哪開始才好，竟有了些不知所措。

林慕掙扎許久，最後選定了經濟類別，挑選幾本後便找位子坐下翻閱。

時間不知不覺流逝，等林慕回過神時，周圍的人已紛紛起身，對同伴說道：「午休結束了，我們快走吧！」

林慕無語。時間怎麼過得這麼快？

他戀戀不捨地把書放到上架書車，原本想全部借走，但學校還沒發借書證，據說要等明天開學典禮後才會發放，不知道晚點這些書會不會被搶走……林慕不由得有些失落，然而腦中剛閃過這個念頭，很快又打住了。

不對，自己怎麼能掉入陷阱？他才不會上當！誰管這些書，不看也罷！

林慕扭頭離開，走到大門前，站了幾秒，又轉身回到書車前，快速拿走自己剛才放的那些書，統統藏到類別毫不相干的書架後面，這才放心離開。

一天的課程說短不短，說長也不長，眨眼來到放學時間。

其他人早已趁休息時間找好住所，只有林慕一下課就待在圖書館，因此沒有半點進度，要不是圖書館只開放到下午，他肯定會直接住在裡頭。

大部分人都要回宿舍，而沒搶到宿舍的人便住在旅館。

這座島上的旅館相當便宜，不僅提供年租，本校學生還有打折，而大多數人爲了生活都有打工，遊戲裡花錢的機會也不多，因此身上多少有些積蓄，不至於露宿街頭。

只有林慕例外。

林慕摸了摸自己單薄的口袋，連個零錢都沒有。他剛進遊戲，沒機會賺錢，在賭場裡賺的錢早已在地獄商城裡花得一毛不剩。

林慕卻不以爲意，他挑眉，心想：反正自己本來就睡路邊，沒差。

林慕一點也不急著找安身處，反正他在哪都能睡，現在首要事項還是四處調查，畢竟下午已經……咳，不小心錯過調查的時機。

林慕想起今天一整天都泡在圖書館，非但不悔恨，反而還笑了起來，心情大好地哼著歌走出教室，走向其他棟教學樓，趁著放學人煙稀少時搜查線索。

B棟教學樓的人大多已散去，畢竟白天在這裡上課，幾乎所有人都趁著白天搜查過教學樓了。林慕從一樓逛到五樓，發現和其他棟樓差異不大，他邊走邊哼著歌，走廊上只剩零星幾個學生——這也使得左前方聚集的那群人格外醒目。

那群人正圍著一個學生，逼迫他交出撲克牌，而那名學生抵死不從。

林慕無視此景走過人群，但那名學生看見他彷彿看見了希望，高喊道：「救命啊！救救我！」

林慕微頓了下，眼珠子一轉，思考著正在哼的歌接下來是什麼詞，接著很快想了起來，頓感暢快，繼續邁開腳步。

「大哥！別走啊！救救我啊！」

「大哥、大哥！」

「大哥！是我啊！」

熟悉的聲音和呼喚不斷從身後傳來，林慕原本不打算理會，但對方叫得太慘，圍著他的那群人都聽不下去，紛紛轉頭，將目標轉向了林慕。

「你們認識？」他們挑眉問。

林慕回頭，說道：「路邊的野狗看到人也會叫，難道算認識？」

「……」好狠，這兩個人眞的認識嗎？

服務生對林慕的毒舌早習以爲常，仍不死心地大喊：「你們不要惹我！我大哥超厲害，林慕你們聽過沒有？他連副組長都不怕！」

此話一出，還眞有個人回想了下，「林慕……好像聽過啊，是在第一層群組造成轟動的那個吧？」

「可是你大哥好像沒想理你啊。」另一個人說。

林慕確實不想理，轉身就要走，此時卻聽其他人喊道：「啊！我想起來了、我想起來了！他就是那個光明正大在賭場跟副組長搞曖昧的人！」

「眞的假的？就是他？在賭桌上手摸來摸去那個？」

「對對對！就是他沒錯！天啊，本人比照片更好看啊！」

一群人像見著明星似地，好奇地打量林慕，肅殺氛圍一掃而空，而服務生也彷彿忘了自身處境，接話道：「不不不，你們誤會了，那個人不是副組長，是頑皮……」

「閉嘴。」林慕黑著臉，大步走到人群和服務生之間，打斷了他們的對話。

接著他抓住服務生的手腕，往自己身邊拖。

眾人這才反應過來，他們還沒看到牌，不能讓他們走！

場面再次變得緊張，爭鬥一觸即發，然而，就在眾人以爲林慕是要帶走服務生時，林慕把服務生扯到身邊，一把抽走了他藏在後口袋的撲克牌。

服務生慌張地哇哇大叫，趁還沒人看到，趕緊把牌搶回去。

「大哥！你幹嘛！」

「他們要看就看，有什麼好大驚小怪？」林慕哼了聲。

「我的底牌都被看光了，還不嚴重嗎？」服務生委屈地說。

「你那張爛牌，也不是奴隸，有什麼好藏。」

服務生無語，同時大爲震驚，「你怎麼知道我抽到爛牌，而且不是奴隸？」

「抽到好牌，你會乖乖讓他們打？抽到奴隸，你還有閒情逸致在那邊聊八卦？只有智障才會猜不透你是什麼牌。」林慕說道。

旁邊的人們：「……」我們是不是也被罵了？

一群人頓時沒了興致，灰溜溜地走了。

服務生看著離開的人群，這才反應過來，驚喜地說：「大哥！你是故意激走他們嗎？」

「只是實話實說。」林慕面無波瀾繼續往前走，服務生趕緊跟上。

一路上服務生滔滔不絕地和林慕說話，彷彿八百年沒遇過活人似地，話匣子一開便停不下來。

他說現在所有人都在找奴隸，反而不急著找國王，因爲國王遲早會出現，拿到那麼無敵的牌想藏也藏不住。只是目前還不確定規則第五點提到的「顛覆階級」會對國王造成什麼影響，所以猜測國王會等奴隸出現後才現身。

服務生說著說著，突然想起什麼似地「啊」了一聲，「對了！聽說頑皮兔大哥也在這裡是嗎？」

林慕頓住腳步，看向面不改色的服務生，「……你跟那傢伙很熟？」他還是第一次看見有人提起頑皮兔不會發抖，而且，那傢伙怎麼也變大哥了？

服務生一臉理所當然地道：「我大哥的男朋友當然也是我大哥！」

說什麼繞口令……不對，男朋友？

林慕臉色僵硬一瞬，還以爲是地獄商城裡的事被人知道了，但很快發現不對，李眞當時說過地獄商城和遊戲世界是分開的，連系統都不會知道他們的談話內容，更別提其他玩家。

「誰說他跟我有關係？」

「胡大佬說的啊！」

出乎意料的答案，讓林慕頓了頓。

胡三？

「那天你離開賭場以後，胡大佬突然來找我，跟我解釋賭桌上發生的事。他說其實在賭桌上的並不是副組長，是頑皮兔控制了他，而頑皮兔是你男朋友，你們只是在調情。哇，不愧是我大哥啊，連對象都不一般！也對，就是要頑皮兔才配得上我大哥嘛！不過，不知道胡大佬爲什麼要來跟我解釋這些……難道因爲我是你小弟？」

林慕聽得嘴角抽搐。想也知道那個胡三是想替副組長解釋，八成也是副組長暗中默許，自己一點也不在乎他們的關係進展，不過能不能別扯上自己？

「誰說我跟他是一對，不熟。」

服務生訝然，困惑地撓了撓臉，「奇怪，胡大佬幹嘛要騙我？而且胡大佬還說他和副組長和頑皮兔以前其實很熟，不過是在頑皮兔還沒發瘋以前。當年他們是同一批進入遊戲的玩家，還一起闖關過好一陣子……」

「他們很熟？」林慕聽見關鍵字，蹙了下眉頭。

「是啊！胡大佬說，他們以前經常一起闖關，感情好得很，頑皮兔以前其實很正常，雖然表面上看起來不正經，但其實是個很有責任感也很有風度的人，是他們團隊裡的隊長，很多人很崇拜他呢！要不是後來系統把他逼瘋了，說不定他早就成功離開遊戲……」

林慕沉默了下來。

想起李眞今天早上瘋魔的表現，他仍會感到全身冰冷，但他也想起了在地獄商城李眞說過的話——

「……我記得自己有找到方法逃出去，但不知爲何沒有成功，還失去了記憶。等我回過神，已經在遊戲待了好幾年，後來我才知道這幾年我瘋了，變成人人口中的怪物。」

雖然李眞說這句話時不以爲意，但這一刻林慕才眞正明白，李眞也曾有過正常的生活和一群同伴，甚至備受推崇，清醒後卻突然發現一切都變了，自己成了人人避之唯恐不及的怪物。

雖然林慕不曾有過同伴，也不在乎這些情誼，但他能想像李眞第一次清醒時的茫然跟無助，發現身體不受自己控制，無意識之下殺了許多人，不知道自己什麼時候會再發瘋……這些竟然會讓林慕覺得……有些可憐。

「大哥？你怎麼了？」

林慕驀然清醒，察覺自己的想法，很快甩開這些念頭。

他怎麼會同情李眞？他不會同情任何人，因爲這是他最厭惡的東西。

「胡三有沒有提過他是怎麼被逼瘋的？」

李眞被逼瘋的那個時機點一定是關鍵。他很有可能是找到了離開的方法，觸碰到系統的底線，所以才會失去記憶。

要讓玩家在遊戲中失去記憶肯定相當困難，不然系統也不會放任頑皮兔爲非作歹，李眞到底做了什麼，又或者說系統到底做了什麼，才會讓李眞失去記憶？

「胡大佬說他也不知道，但那天就是著名的十一月十號事件，在那場動亂之中，頑皮兔消失了一段時間，再出現的時候就瘋了。」

「十一月十號事件是什麼？」林慕之前聽容蓉提過，但當時不太在意。

服務生一臉苦惱，「我也不清楚，只知道那天一到十層的所有怪物都聚集到第六層，怪物的數量遠遠超過人類，第六層亂成一團……光想想就覺得害怕……總之，因爲當時沒多少人活下來，所以謠言很多，實際的情況一直沒有定論。」

林慕再次陷入沉思，服務生感慨道：「頑皮兔會不會就是在那時候被怪物逼瘋的？雖然他後來變成了連怪物都懼怕的存在，但代價太大了啊，聽說他原本很受女玩家歡迎，最高紀錄同時追他的人整整有三十三個啊！遊戲裡的女玩家已經夠少了，一層最多不到一百個，還有三分之一的人喜歡他，簡直是所有男人的夢想……眞是可惜了……」母胎單身的服務生對此感到十分痛惜。

林慕眉頭一挑，「三十三個？你又知道了，難道那些人臉上會寫喜歡誰？」

服務生道：「還眞的會，聽說有人把一隻兔子紋在臉上。」

「……笑話，沒親眼見過就別亂說。」

見林慕一臉不屑，服務生疑惑地問：「大哥，你很在意嗎？」

林慕蹙起眉，立刻張口想否認，卻因爲太急而被唾沫嗆了下，「咳、我？我怎麼會在意？你哪隻眼睛看到我在意？」

服務生歪頭，「可是平常我講什麼你都不理我，好像對什麼話題都沒興趣，但從剛剛開始就一直回我，還會主動問我欸。」

「……」

「我知道了！」服務生忽然恍然大悟，「大哥，你是在意頑皮兔比自己受歡迎吧？沒事，我懂、我懂，他那麼受歡迎，是男人都會嫉妒吧！」

「……隨便你怎麼想。」

見服務生還想繼續滔滔不絕，林慕打斷他：「你怎麼會來第二層？不是怕繼續闖關會被洗腦，所以要留在第一層的賭場當臥底？」

服務生一臉感動看著林慕，「大哥，你這是在關心我嗎？你還記得我說的話啊……」

林慕冷笑，「當臥底兩年還沒找到線索，這麼蠢，能不記得嗎？」

「……」服務生乾咳兩聲，「好吧，的確是找不到線索，所以才想來第二層……」

服務生心想，其實也是跟著林慕來的。

是林慕的選擇給了他勇氣，他在第一層舒適圈待久了，一開始確實是眞心想找線索，後來漸漸地，即使知道待在第一層可能不會再有更多線索，但總是給自己找各種理由：再繼續闖關會被洗腦、第一層一定還有地方沒看過、先存夠錢再說……就這樣日復一日在賭場裡混日子。在這段時間他聽過太多其他關卡的恐怖經驗，也見過太多比自己厲害的人，嘴上說著要留在賭場找線索，其實……是他害怕了。

他不敢繼續往上爬，害怕自己太弱，肯定會死。

直到林慕出現，看著林慕以數字二的身分戰勝所有大佬、在不可能的情況下逆轉局勢，無視撲克牌的影響力——這才讓他眞正下定決心。自己是個警察，就該有警察的樣子，他也能憑一己之力克服萬難！

而且，他想繼續跟在大哥身邊，成爲和大哥一樣的人。

服務生笑著黏上林慕，「大哥，你找到宿舍了嗎？你在幾樓啊？」

「別纏著我。」林慕嫌惡地挪開身體，服務生依然緊跟在後，宛若沒聽見對方的拒絕。

「對了，大哥！恭喜你洗牌了啊，終於不是數字二了，你抽到什麼牌啊？」

「滾開，關你什麼事。」

最後林慕還是沒能甩開服務生，論糾纏不清的功力，服務生確實有當臥底的資格。

林慕來到校園最後方的垃圾場，垃圾車上堆積如山無人清理，資源回收處也亂成一團，周圍滿是果蠅，空氣裡瀰漫著惡臭，任誰來了都想盡速離開。

林慕左看右看，竟整個人爬上垃圾車，跳進垃圾堆裡動手翻了起來。

「大哥！」服務生見狀面部扭曲，被噁心得差點吐了，捏著鼻子難受地問：「大哥，你在找什麼啊？」

林慕沒有回話，只專心地找，垃圾車被他翻了底朝天。

垃圾袋上沾滿油污和黏液，四處都是爬蟲和飛蠅，甚至還有密密麻麻的白蛆，林慕卻毫不猶豫地將手伸進了垃圾堆中。

一般人或許難以忍受這股噁心，但林慕從出生就露宿街頭，把手伸進垃圾裡這件事，對他來說自然得如同呼吸。

服務生漸漸適應了臭味，思緒也終於清晰起來，「啊！我知道了！你是在找奴隸藏起來的牌吧？」

林慕終於停下動作，瞥了服務生一眼。

「如果我是奴隸，把牌放在身上隨時有可能會被搜出來，所以一定會想盡辦法把牌藏起來！但一般人不會把牌藏在這裡，因為這裡又臭又髒，藏牌也會讓玩家身上沾染上惡臭，很容易被人發現。而且，沒人能保證垃圾車會不會被清理，萬一牌被處理掉就慘了，所以，只有奴隸有可能反其道而行，把牌藏在這種沒人會來的地方！」

服務生一番話說完，滿眼期待地看著林慕。

林慕哼笑一聲，「倒也沒太笨。」

服務生正沾沾自喜，便見林慕爬下垃圾車，走向廚餘桶，接著從口袋裡掏出牌——是一張黑桃七。

他把牌裝在密封袋裡，說道：「你說的都對，但只有一點錯了。」

說完，林慕面不改色地將手伸進廚餘裡，把牌放了進去。

「我是在找藏牌的地方，而且，垃圾車上有值班表，一個星期清理一次，我只要在班表上寫的時間前來拿走牌就行了。」

服務生這才知道林慕的眞實目的，還有，原來他是數字七。服務生頓時鬆了口氣，「大哥，還好你終於脫離數字二了，我眞的很擔心。」

「你還是先擔心自己吧。」林慕冷哼，轉身離開。

服務生看著林慕頭也不回的背影，嘴角悄悄上揚，再次追了上去。

他想，大哥嘴上這麼說，卻讓我看見牌藏在哪，其實很信任我嘛。

「大哥！等等我啊！」

03 欲擒故縱

林慕被服務生糾纏到深夜，等服務生累到睡著了才終於脫身。

林慕瞪著靠坐在牆上睡著的服務生，想著要不要踹個兩腳，但吵醒對方太麻煩，只好暫時作罷。

由於林慕沒有搶到宿舍，所以沒有固定住處，但他不急，深夜人少，更好做事。

林慕來到一棟還沒去過的百貨公司，手裡把玩著許久沒拿出來的魔術方塊。

他的劇本是「你不入地獄，誰入地獄？」。這是什麼意思？是字面上的意思，還是只是一種譬喻？越簡單的線索，反而越難找出答案。

林慕指尖快速翻轉著魔術方塊，一面思索著。

即使現在已經凌晨三點，大樓裡仍不只他一人，放眼望去幾乎每個樓層都有零星玩家四處走動搜查線索，其中還有不少人回頭看了他幾眼，道不明的眼神一直黏在他身上不放，林慕面無表情地快速走過。

他決定先從頂樓找起，從手扶梯一路往上爬到頂樓，來到電影院。

售票櫃台空無一人，後方牆面貼著幾張熱映電影的海報，紅絨地毯通往影廳，僅有逃生出口指示燈發出慘綠光線。

或許是樓下百貨須搜查的地方太多，人力多聚在那，相比起來電影院格局簡單且空曠，沒有太多可藏匿的空間，因此現在四下無人。

林慕推開一號影廳的大門，發現最上方放映室的窗口亮著燈。

按理來說，現在非營業時間，放映室不該有燈。他走上階梯，推了推放映室的門，並沒有鎖。

林慕推開門，裡頭開著燈，空間比想像中大，大約有半個教室寬，這裡似乎還停留在很早期的電影院放映室，裡頭有著數排存放膠卷的櫃子，還有一張辦公桌。

辦公桌上散亂著膠卷和文件，一台放映機正在運轉，彷彿有誰剛才在這。

放映室裡面還有一扇門，門上寫著廣播室。

林慕檢查了桌上的資料，內容全與電影字幕相關，沒有有用訊息。他又查看了存放櫃，上頭擺放的膠卷貼的標籤全是他沒聽過的電影，膠卷看起來已經相當古舊，似乎存放許久。

他心想，這些可能只是遊戲裡的道具，無須當真。

林慕走向裡頭的廣播室，推開門，開了燈，廣播室狹窄得多，大約只有四分之一個教室的空間，四周是黑色的隔音牆，桌上擺著一組麥克風和廣播設備，設備上貼著注意事項：

「按『0』可於全校廣播，按『1』可於本樓廣播，按『2』可於一號影廳廣播……」

正當林慕俯身仔細查看說明的時候，後方突然出現一道腳步聲。

林慕警覺地回頭，然而對方早已悄無聲息地來到他身後，剛才那道腳步聲彷彿只是刻意發出的聲音。

「你……！」

林慕戒備地看著李眞。

此時的李眞沒有戴著兔子頭套，而是像拿安全帽那樣單手抱著，露出了眞容。一頭醒目的紅色頭髮和率性隨意的笑容，以及因笑容而露出的虎牙格外晃眼。

不知為何讓林慕想起了服務生今天說的「聽說他原本很受女玩家歡迎，最高紀錄同時追他的人整整有三十三個啊！」這句話。

哼，沒眼光。林慕甩開思緒。

李眞一言不發地衝著他笑，同時手往後一伸，輕輕帶上了門，「喀。」門鎖上了。

這個細微的聲音讓林慕渾身上下神經緊繃起來，皺眉道：「你想做什麼？」他伸手想越過李貞去開門，卻被一把逮住。

林慕正要發作，便聽見始終笑著不發一語的李貞終於開口——

「慕慕，你是奴隸吧？」

林慕深深蹙起眉，「誰是奴隸？少亂猜。」

「你啊。」李貞將兔頭放到桌上，雙手插在口袋，俯身靠近林慕，布滿笑意的雙眼直勾勾地盯著他，語氣沒有半分猶豫，「你現在一定在想，我怎麼會知道？是不是系統又給我通風報信？還是又是我搞的鬼？很抱歉，都錯了，這次我和你們一樣都是普通玩家。」

林慕捏緊手裡的魔術方塊，直到指尖泛白失去血色，他狠狠瞪著李貞，事實不言而喻。

——沒錯，他是奴隸。

他真正的底牌，那張該死的梅花二，至今仍在身上。

他不會把牌藏到任何地方，因爲他只相信自己。

自從發現自己是奴隸，他就想好了一切計畫。「牌可以離身」這個規則，在一般人耳裡聽起來或許只是代表可以藏牌，但對他而言，這代表他可以偷走任何人的牌，來隱藏自己的身分。

如今自己身上有好幾張牌，即使被人威脅，也可以用假牌輕鬆矇騙過去。

但是，李眞是怎麼知道自己就是奴隸？

林慕焦躁地翻轉魔術方塊，各種顏色在他指尖快速變換，從上到下不停移動，版面一片凌亂。

他是什麼時候知道的？爲什麼？

林慕心裡清楚，此時在李眞面前說再多理由都沒有意義，因爲他已經篤定自己就是奴隸，而且李眞即使是數字三，武力值也高於自己，若眞要爭搶，自己恐怕瞞不過去。

「你怎麼知……」林慕煩躁地想得到答案，這時魔術方塊的最後一層已經成形，在完成最後一步的那一刻，林慕頓了下，停止動作。

魔術方塊還沒有解開，但他已經想明白了。

是那個時候。

自己在聽到李眞是數字三的時候，並沒有太大反應。

如果是平常的自己，突然得知自己的牌比李眞還要大，不可能毫無反應，因爲他一直記恨著李眞在上個關卡仗著高階玩家的身分處處脅迫自己，肯定會想方設法報仇，不可能對於這個大好機會無動於衷，李眞一定也了解這一點。

林慕思及此，臉色一變，忽然想到另一件更爲細思極恐的事。

這麼說來，李眞爲什麼要在那時刻意亮出自己的牌，甚至還叫大家不用怕？他並不是那種會「安慰」其他玩家的人，他早已習慣被所有人恐懼。

因爲當時李眞的行爲太過自然，彷彿只是爲了配合他想好好上課的要求，而努力維護教室秩序，所以，他從未想過李眞亮牌可能還有其他目的——就是爲了測試自己的反應。

因爲他沒有半點反應，所以李眞猜到了，他的牌比數字三還小，唯一的可能就是奴隸。

林慕心想：該死，李眞從一開始就在測試自己的牌，到底想幹什麼？

林慕瞥向李眞身後的門，廣播室不大，想越過李眞逃出去根本天方夜譚。

廣播室的隔音極好，在這裡無論發生任何事都不會有人聽見。

李眞湊近林慕，幾乎要碰上鼻尖，眉毛下垂，露出一副可憐的表情，哀求道：「慕慕，上次的吻一點都不夠。」

「你到底想幹嘛？」林慕被他逼得寒毛直豎，幾乎快要抓狂，不好的預感逐漸成眞。

李眞金色的瞳孔晃漾著光芒，瞇起的眼睛宛如彎月，彷彿期待這個問題很久。他一把攬住林慕的腰，瞬間縮短兩人距離，用低沉的嗓音一字一字回答：「我想……吻你的耳後，咬你的脖子，舔你的鎖骨，還有你的……」

李眞在林慕耳邊呢喃，最後幾句只留在林慕耳中。這種變態的話林慕聽過無數回，但沒有一次讓他像現在這樣既憤怒又異常燥熱。

「滾！」林慕猛然揮開，卻被李眞輕而易舉地揪住了手。

林慕倏地想起之前無時無刻被壓制的憤恨，但這次有所不同，他和李眞的階級只差一階，自己不是待宰羔羊，即使會輸，不，即使是會死，他也絕不會讓李眞好過！

林慕用手裡的魔術方塊狠揍李眞下巴，李眞頓時吃痛地鬆了手，林慕趁勢使出全力將他踹倒。「唔！」李眞一個踉蹌，不愼撞倒了廣播室的圓椅，摔倒在地。

林慕趁李眞還來不及爬起，毫不客氣地一腳狠狠踩住李眞胸口，居高臨下俯視著他，怒道：「我叫你滾，沒聽見嗎？」

李眞的下巴流下血絲，嘴唇也因爲跌倒不小心咬破，然而他毫無掙扎，只是躺著雙目圓睜，痴迷地仰望著林慕，雙頰異常泛紅，眼裡滿是瘋狂和迷戀，帶著血的唇一開一合，喃喃道：「慕慕，不管什麼角度，你都這麼美麗啊……」

還未等林慕反應過來，李眞牢牢抱住林慕踩在身上的腿，著迷地蹭了又蹭。

林慕第一次遇到有人被踩在腳下還這麼興奮，徹底愣住，腳上詭異的搔癢感讓他雞皮疙瘩滿身，拚命想抽開腳，李眞卻緊抓著不放。

林慕抓狂不解，明明是自己踩著他，卻反過來像被李眞逮住一樣，就像一條纏住他褲管的蛇，死不撒手。

不只如此，李眞靈活的指尖甚至滑進了他的褲管，摩挲他的腿腹，又企圖剝下他的鞋和襪子……

「你想做什麼!?」林慕開始瘋狂掙扎，卻怎樣也拔不開腿。

李眞抱著林慕的腳，抬眼看向林慕，眼神純眞得像個孩子抱著自己最心愛的玩偶，說出的話卻特別下流。

「慕慕，我忍不住了。」

說完，他含住了林慕的腳趾，甚至還咬了下。

林慕渾身戰慄，幾乎沒人碰過的地方異常敏感，他被噁心到了，大喊著：「放開！該死的，你這王八蛋！」但強悍的力量牢牢鎖住他，李眞不斷輕咬著他的腳趾，炙熱的喘息吐在趾縫，讓他褲襠不自然地鼓起，處處彰顯著男人的興奮。

林慕罕見地陷入慌亂，無論他怎麼做都徒勞無功，明明是自己踩著對方，李眞甚至只用了一隻手，壓倒性的力量卻讓他毫無招架之力。

爲什麼？李眞不是數字三嗎？只差一階怎麼可能差這麼多？

李眞的力量明顯遠超一般人，甚至比之前還要難纏到令人難以置信，林慕臉色發青，頓時有了相當不好的預感。

他僵硬地垂頭看向李眞，李眞渾然未覺自己隨手放在胸前口袋的牌已在纏鬥中露出半截——

即使聽過多次，依舊一時難以相信它確實存在，鮮紅的圖案，人頭上的皇冠，既刺眼又醒目。

不可能，這就是那張足以改變所有遊戲規則的人頭牌，在誰身上都可以，就是不能在李眞手上！

林慕瞠目瞪著李眞胸口的紅心K，久久不能言語。

李眞終於察覺林慕僵硬的反應，看向自己胸前的牌，再看向林慕，因仰躺而散開的劉海下，露出一雙痴迷而不自然充血的眼睛。他困惑一瞬，接著了然地將牌收回。

「沒事的，不過是從別人身上拿來的，就和你一樣。」李眞溫柔地露出笑容，配上紅撲撲的臉頰，令這張英氣十足的臉竟顯得可愛柔軟。

聽見牌不屬於李眞，林慕瞬間鬆了口氣，但幾乎下一秒便再次渾身繃緊。

因爲李眞現在的語氣就和當時哄那些恐懼的玩家一樣，那時他說，自己不過是數字三。

「閉嘴，騙誰呢。」

聽見林慕的罵聲，李眞一臉迷茫，不解地眨了眨眼睛。

林慕猛然俯下身，一手掐住李眞的脖子，將他狠狠按在地板上。

李眞並未掙扎，依舊茫然地看著林慕，兩人無聲對峙，不久，李眞「呵」一聲，唇角勾起一抹弧度，將凌亂的劉海耙至腦後，語氣也從天眞轉變爲沉著，「慕慕，你這次記住我說的話了呢。」

——不當心的話，可是會吃大虧的唷。李眞曾這麼說過。

李眞，拿的就是紅心K。

林慕愣然地鬆開手。他終於明白，一開始李眞故意報出小牌，目的不只是爲了套出自己的反應，同時也是要讓自己掉以輕心。

林慕一直以爲自己才是布局者，沒想到李眞會利用相同手法反向操作，刻意報小牌的數字，他被騙了。

得知這個眞相的同時，林慕二話不說轉身就跑。

他沒有憤怒，也沒有指責，因爲他知道自己現在絕對打不過李眞，與其正面槓上，不如先躲再說，日後有的是機會報仇，要是錯過逃跑時機，就沒有機會了……

然而，林慕錯估了國王K的能力。

國王K之所以讓人聞風喪膽，必然有其原因。

林慕連第一步都還沒踏出去，便被早已發現動靜的李眞牢牢抓住後領，林慕甚至沒感覺對方是何時從地上爬起。

「慕慕，你爲什麼要逃呢？」身後傳來李眞困惑的聲音，林慕頓時毛骨悚然。

李眞手上力道收緊，衣領勒得林慕忍不住咳出聲，李眞卻沒有放過他，而是再次問道：「爲什麼他們都可以碰你，我就不行？」

李眞又問：「爲什麼他們可以和你待在同一個空間，我就不行？」

逐漸收緊的手臂、令人窒息的力道，字字句句的指控，讓林慕越加渾身發寒，不受控制地顫抖。

恍然間，他理解了那些第十層的怪物，爲何見到李眞便落荒而逃。

「如果他們全死了，這座小島只剩下我，你會讓我碰嗎？」

李眞的語氣很輕，卻能強烈感受到，絕非玩笑。

再這樣下去，所有人都會被他殺死。

林慕不想坐以待斃，即使雙手發顫，也牢牢抓著桌子想抵抗，同時試圖往桌上找防身工具。正當他想把手伸向美工刀時，李眞將他整個人扯了下來，桌子被掀翻，廣播器材和文具摔落一地，林慕眼前天旋地轉，眨眼就被李眞壓在身下。

「你……」林慕想吼，然而李眞不過一個眼神淡淡掃來，林慕便頓時失去力氣，連怒吼的狠勁也消失無蹤，只剩顫抖。

這就是「K」的力量？該死！王八蛋！

「你總是說，只能摸五分鐘、十分鐘……我厭倦了每次都要聽話，每次都被你拒絕。」李眞蹙眉笑了，「現在，我要上你，上到我高興爲止。」

李眞願意做林慕的狗，不過，他不喜歡老是被遏止，每次想做什麼都被林慕喊停，他從來沒有眞正滿足過。

林慕何嘗不知李眞的想法？但他也知道，自己永遠不可能滿足李眞，因爲對方就是個徹頭徹尾的瘋子，除非自己鮮血被吸乾，渾身破破爛爛，再也無法動彈，這混蛋才會停止。

李眞扯開林慕的襯衫，釦子迸落，充滿慾望的雙眸執著地盯著眼前的美色，李眞嚥了口唾沫，低頭在林慕的乳尖狠狠一咬，猝不及防的林慕發出驚叫，接著咬緊下唇隱忍。

李眞發現林慕的唇角流了血，大概是用力過猛導致唇角被咬破，於是不知是憐愛還是飢渴地舔了舔他的唇，心滿意足地嚐到一絲鐵鏽味。

林慕感到備受屈辱，雙眼緊閉。

李眞邊蹭邊吻著林慕微微發抖的身體，逐漸往下探索，並在腹部流連忘返。

「如果能讓你懷孕就好了，這樣，你就跑不了了。」李眞感嘆。

林慕察覺到褲頭被解開，挾帶著絕望的眼神望向滿地散亂的器材，看似生無可戀，卻趁著李眞沒有注意到的時候神色一凜，死死握住了地上散落的鉛筆。

下一秒，林慕抬手凶狠地往李眞頸部刺下——在即將捅入的前一秒，林慕腦中忽然閃過一幅畫面，是他從未見過的李眞。

李眞表情溫柔，對他說：「慕慕，別擔心，我會一直陪著你，絕不會比你早死。如果有一天我死了，那只會是你殺了我。」

因爲這幅畫面，林慕頓了零點一秒，就在這短暫片刻，李眞抓住了林慕的手，「喀！」鉛筆在他手中應聲斷裂。

李眞看著斷成兩截的鉛筆，挑了下眉，並未因林慕要殺死自己而憤怒，反而笑了，「慕慕，別害怕，把自己交給我吧，我會呵護你、保護你，成爲只屬於你的國王。或者，你想在別人面前當國王也可以，我會好好藏住你奴隸的身分，你再也不用恐懼被人踐踏、瞧不起，嗯？」

李眞輕緩的語調、一字一句的蠱惑，就像來自地獄的撒旦，清楚地看穿了林慕心中的恐懼與弱點，鼓勵他將靈魂全部奉獻給自己。

林慕無法否認，在發現自己拿到奴隸牌的那一刻，即使再不屑這場遊戲，也不得不承認那一瞬間的驚愕與失望。

他付出一切努力，努力想擺脫低賤的身分，證明自己可以出頭，然而命運總是和他開玩笑。每次他好不容易改變了現況，又會出現另一道難以跨越的鴻溝，再次將他打入地獄的深淵。

接連的變故讓他十分疲憊，不知道自己還要努力多久。爲什麼命運只針對他，他做錯了什麼？

見林慕的表情出現一絲動搖，看似瘋癲實則相當了解林慕的李眞進一步在他耳邊低語：「你只須要應付我一個人，很輕鬆吧？剛好，我也不希望其他人覬覦你、接近你，我很擅長保守祕密，不會讓任何人知道你是奴隸。」

李眞邊說，邊撫摸著林慕的身體，解開的褲頭之下是他覬覦許久的果實，如今果實終於成熟，他迫不及待地想摘下享用。

林慕把頭撇向一旁，沒有看李眞的臉，低聲說：「我……」

「什麼？」李眞沉浸在慾望中，沒有聽清林慕模糊而隱忍的話語。

「我不要！滾開，該死的混蛋！」林慕突然暴起，將李眞推倒在地。

李眞沒想到會被拒絕，到手的果實再次落空，他緩緩站起身，臉色一沉，輕輕一踩，地上的鉛筆被碾碎成粉，「你確定要拒絕？」

林慕本能地感到了恐懼，他想起頑皮兔的名聲，第十層的怪物都能成爲他的寵物，區區一個人，他想怎麼做都可以，根本無須經過他人同意。

比起死亡，林慕更害怕自己臨死受辱，就連最後的尊嚴都失去。

林慕吼道：「你爲什麼不乾脆殺了我！我不信你眞的『愛』我，你根本沒有心！」

「我愛你喔，慕慕。」李眞冷冷地說。

「狗屁！別說是因爲以前的關係，明明都忘了，哪來的愛。」

「誰說我都忘了？」李眞皮笑肉不笑地說：「『我』雖然不記得，但另一個我似乎想起了很多細節，所以他一直暗中保護你，在賭場的那時候也是，他對你唯命是從，只想得到你的憐愛。」

李眞說著，表情變得和緩，收斂起陰鷙的臉色。

「你……你恢復正常了？」林慕心想，這傢伙正常的時候至少像個人，還能溝通，趁這個機會……

「不，我是瘋掉的那個。」李真咧嘴，打碎了林慕最後的希望，「所以我只想摧毀你，讓你一無所有，只能臣服於我。」

這回，李真不再等待林慕的回答，粗暴地將林慕推倒在地，剝去了熟透的果皮，不斷啃咬、吸吮、情不自禁地品嘗，雪白的身體被印上了紅痕，李真無視林慕劇烈的掙扎，嘗遍了每個角落，炙熱如烙鐵的部位急不可耐地想突破祕徑，直到李真正要執行前，不經意地瞥見了林慕的側臉。

林慕撇過頭，忍著沒發出一點聲音，眼角泛紅，帶著淚痕。

李真狠狠怔住了，他從不曾想過，林慕竟然會哭。在他停頓的空檔，林慕掙脫了箝制，抓住身旁的廣播器材。

「一旦放棄尊嚴，就要放棄更多東西，我死也不會讓你稱心如意！」林慕赤紅的雙眼憎恨地瞪著李真，按下麥克風開關，對著全校廣播說道——

「我，林慕，就是你們要找的奴隸，搶得了我的牌就來吧。」

李真錯愕，難得慌張起來，就連身上的牌不小心落到地上也不管，匆忙關閉廣播。

不，慕慕只能是他一個人的！

林慕站起身，眼神冷若寒霜，抬腳，狠狠把李眞的牌碾在腳底下。

「我永遠不可能成爲你的奴隸，國王？狗屁！如果王位只有一個，那只會是我的！」

04 面臨挑戰

因爲撲克牌被碾踩，李眞忍不住哼了一聲，半跪在地，愣看著手裡的廣播器材，眸裡的瘋狂漸漸消失，眼神閃過一絲異樣。

普通人撲克牌被這樣碾壓早已器官受損，但李眞卻並未受到半點傷害，僅僅只是疼痛而已，這讓林慕更加憤恨不平。

趁著李眞抓著廣播器材失神的空檔，林慕轉身離開廣播室，因爲他知道很快便會有人聞訊追來。這次李眞沒有動手阻攔，或許是打擊太大，又或許是其他原因，林慕隱約聽見了身後傳來一聲輕聲的呼喚，溫柔中帶著一絲悲傷，和粗暴的頑皮兔判若兩人，但林慕已經無心去管，頭也不回地離開。

林慕離開百貨公司後，一路上謹愼地選擇了無人的小徑，回到教學樓。

或許因爲是半夜，聽見廣播的人比預期中少，雖然馬上有人聞聲趕到電影院，但林慕早已離去，造成的騷動並不大，不過一切只是暫時，到了白天，消息傳開來，便會風雲變色。

林慕爬著樓梯回到五樓，他和服務生今天暫時在五樓廁所旁的牆邊落腳，因爲這棟樓沒有電梯，加上正值深夜，會爬五層樓來這裡的人並不多，頂多偶爾出現幾個來找線索的人，但大多不會主動攀談，看一眼發現有人就會離開。

林慕剛爬上最後一層階梯，抬頭便見服務生站在樓梯口。背著月光，林慕看不清服務生的表情，不自覺停頓了一秒，隨即擺出滿不在乎的態度，彷彿沒看見擋在面前的人。

「大哥！」服務生大喊，語氣中有罕見的興奮和驚喜：「你去哪裡了？你知道剛才發生什麼事嗎？我們有救了！我們可以離開關卡了！」

林慕曾料想過服務生得知自己是奴隸的反應，也許會責怪或者埋怨，畢竟自己騙了他，而且又是麻煩人物……卻從沒想過對方的反應竟是開心至極，怎麼回事？

不顧林慕沒有回答，服務生左顧右盼，壓低音量，神祕兮兮地說道：「噓……小聲點，我剛聽見樓下有人在討論一個大祕密！」

林慕挑眉，示意服務生繼續說下去。

「聽說他們找到奴隸是誰了！而且人就在廣播室裡！」服務生說完還一臉驕傲求表揚。

「……你剛沒聽見廣播嗎？」林慕無語。

「廣播？什麼廣播？」服務生茫然，「不知道啊，我剛睡著了，醒來就聽見有人說找到奴隸了。」

林慕無話可說。

「大哥，你怎麼一點都不激動？只要找到奴隸，就有機會破關啦！我本來還擔心奴隸會藏很久呢，沒想到這麼快就被發現了，看來那個奴隸不太聰明啊。」

你才不太聰明。林慕白眼，但也懶得解釋，只覺得渾身疲累，靠著牆癱坐下來。

他閉上眼想小睡一會，明明疲憊不堪，卻怎樣也睡不著，腦海裡滿是李貞瘋狂的臉和兩人爭執的畫面，被壓制的手腕還隱隱抽痛，讓他忍不住皺眉。

服務生湊過來端詳林慕的臉，距離近得都碰上了他的手臂，若是平常林慕早已嫌惡地躲開，但現在他連抬手的力氣都沒有。

服務生憂心忡忡地說：「大哥，你還好吧？你看起來不太舒服。」

林慕依舊閉著眼，一個字都不想說。

「別擔心啊，等他們找到奴隸，我們就能離開關卡了。」服務生再次鼓舞道。

林慕倏地睜開眼，看似神情冷漠，眸底卻燃起了火焰，「所以呢？等他們找到奴隸，然後獻給國王賜死，我們就能離開了？」細讀過校規的他，早就嗅到系統惡劣的暗示。

服務生渾然未覺林慕的反應，自顧自地道：「不是啊，我是警察欸，怎麼可能縱容犯罪？規則不是說了嗎，『唯有奴隸能顛覆階級』，說不定只要奴隸推翻國王，就有機會能通關啊！」

林慕皺了下眉，這番意料之外的話讓他有些不能適應，立刻反駁道：「哈！你覺得奴隸可以推翻國王？憑什麼？憑你不知道從哪裡生出來的正義感和善良？」

經歷了賭場事件，林慕明白了服務生是個徹頭徹尾的傻子，只是憑藉著盲目的善良一味地支持自己，這對自己來說並不是好事。

他必須時時刻刻保持警惕，小心行事，才不會落得失敗的下場，所以，他一點也不稀罕服務生未經大腦的支持和吹捧。

遭到林慕駁斥，服務生的音量也跟著大了起來：「的確很難沒錯，所以我們才要幫助奴隸啊！如果世界上所有的事都是以大欺小，甚至只能靠殺人來解決，世界早就大亂了吧？大哥，我們一起去找奴隸吧，你那麼聰明，肯定會找到方法破關的！」

服務生眞摯地想握住林慕的手，卻被林慕甩開，「滾吧，別靠近我，也別去找奴隸，憑你的腦袋算了吧。」

聽見林慕拒絕的話，服務生並未惱怒，也沒有傷心，而是直直地注視著林慕，「大哥，我知道你不是這麼想的。」

服務生開始細數今天的經過：「明明你在賭場的時候已經接納我了，爲什麼來到這裡態度突然改變？一開始我搞不懂，但後來我想通了，你是怕連累我吧？你真的很引人注目，在路上的時候幾乎每個人都在看你，不過很多人不敢主動接近你，就想抓住我探聽消息。然後每次我被纏住的時候你都會加快腳步離開，那些人就會放棄了……所以我感覺得到，你是怕連累我，才故意把我趕走吧？」

服務生滔滔不絕地說，林慕聞言沉默半晌，別過臉，「你怎樣關我什麼事？而且我怎麼可能有害怕的事。」

「你當然有！承認自己的弱點不是壞事，不、不對，有害怕的事並不是弱點，這代表大哥你其實是很重感情的人。」

林慕充耳不聞，「你作夢吧，想得真美。」

服務生沒有被擊潰，反而更加真誠地對林慕說：「大哥，我不在乎你的外表多出眾，也不介意你的牌數字是大是小，我就只是尊敬你這個人而已。」

聽見這句話，林慕微微睜大了眼睛，內心受到不小的撼動。

這是第一次有人不看他的外表、身分，把他當作一個普通人看待。他明白了，原來自己想要的不過是被一視同仁。

林慕沒再反駁，耳邊不斷傳來聒噪的聲音，卻意外地不讓他惱怒，甚至在吵鬧中漸漸排除了煩悶。林慕不知爲何，只知道現在是短暫的平靜，明天風暴將要開始，現在他想休息一會，想待在這個沒人曉得自己是奴隸的空間。

林慕安靜片刻，頭一次開口問：「你叫什麼名字？」

服務生瞪大眼，不敢置信地說：「大哥！你認眞？我明明講過很多次了，我叫呂俊！」

有嗎？林慕毫無印象。服務生……呂俊話太多了，自己只聽重點，其他很多時候沒在聽。

「你眞是太過分了嗚嗚嗚……」呂俊哀號半晌，很快想起了什麼事，迅速轉換成喜悅的心情，「不過大哥你本來就是這樣的人，現在已經好很多了，今天還讓我知道你的底牌呢，嘻嘻！」

「……」還是暫時先別告訴他眞相吧。

林慕閉上眼睛，在呂俊絮絮叨叨的聲音中，沉沉睡去。

♠♠

夜幕低垂，凌晨四點，校園籠罩在詭祕而靜寂的氛圍中，唯有一處依舊燈火通明。

一名青年走進娛樂大樓裡的夜店，這裡聚集了歡歌載舞的人群，有不少是早已習慣遊戲世界的老手，也有不少是過一天是一天的享樂主義者，他們群聚在這裡享受生活，不浪費一刻春宵。

當青年經過舞池，原先沉浸其中的人群們紛紛停下來側目，還沒反應過來，已經有人向前搭訕，卻被客氣地微笑拒絕。

青年走進包廂，身後還有幾個鍥而不捨的搭訕者，直到青年反手關上門，將他們的聲音和一切嘈雜阻擋在外。

包廂裡兩人明顯已等候多時，桌上有許多空瓶，兩人面上幾分薄紅，卻不見醉意，其中一人抬眼見到青年，猛地從長沙發上站起身，笑容燦爛地張開雙手迎接，「老大，你終於醒了，你這次清醒得挺快啊！一收到你的聯繫我們就趕來第二層了，沒事吧？」

「老三。」李眞彬彬有禮地點頭，原本凌亂蓬鬆的紅髮此刻打理得相當整齊，三七分線，半邊劉海梳至腦後，露出了一雙陽光般明亮、與平常眼神截然不同的琥珀色眼眸。

「最近清醒的次數確實頻繁了點。」李眞笑著說。

「是因爲姓林的那小子嗎？眞不夠意思啊，認識這麼久，要不是賭場那些事，我們還眞不知道你有對象！」胡三八卦地搓著手。

李眞無奈地笑：「我也是最近才想起來。」

「不過老大，你的眼光很獨特啊，林小子的長相確實沒話說，腦子也不錯，但性格那麼潑辣，我可不敢領教！」胡三嘖嘖搖頭。

李眞笑而不語，看向另一邊獨自飲酒的男人，「徐斌，我交代你的事辦得如何？」

「差不多了。」徐斌說。

徐斌面上看似冷漠，和胡三驚喜的反應大相徑庭，手邊卻斟好了一杯酒，推到李眞面前，兩人的好交情不言而喻。

徐斌和胡三極有默契地空出沙發正中間的位子，等著李眞。

李眞接過酒杯，在沙發坐下，說道：「繼續追蹤。」

胡三從懷裡掏出手機，一面確認訊息，一面向李眞報告錢幣組的近況：「我和徐哥都處理好了，錢幣組會再進行重整，把金龍安插的棋子統統處理掉。話說你是什麼時候發現的？之前差點被你剝皮的那幾個就是他媽的內奸！媽的，還在組裡賣毒，混帳！還好老大你搞定了金龍，第一層總算能太平了啊！不過老大，你爲什麼不乾脆點弄死他？唉，你這個人就是太溫柔了，金龍這種人就是該死！支持他的那些混蛋天天來我們錢幣組鬧事，之前還想趁亂劫獄！嘖，要不還是早點把他處理了吧？」

徐斌聽見「溫柔」兩字，眉頭頓時一挑，但只是默默喝酒，沒有多話。

胡三殷切地看著李眞，他早就看不下金龍的作爲，天知道他們花了多少工夫才收拾對方，要不是這次有系統默許，加上老大難得清醒親自出馬，金龍這混帳不知還要囂張多久！

李眞啜了一口酒，安撫著胡三的情緒，明明當時對金龍下手最狠的人是他，語氣卻不像胡三這般義憤塡膺，「別著急，殺了他，不會改變第一層的處境。」

「但是繼續留著那混帳……」

徐斌放下酒杯，清脆的聲音打斷了胡三的發言：「處死他，馬上會出現想接替他的人，不如放著，讓他們不敢躁進。而且，留著金龍才能抓出誰是他的餘黨。」

胡三張了張嘴，又閉上，然後指著徐斌問李眞：「你當初選他當副組長，而不是選我，就是這個原因是不是？」

李眞失笑，「吃醋了？」

「那可不是嗎？副組長跟高階幹部的薪水差了三倍啊！」胡三開玩笑，惹來了李眞的笑聲，總是板著臉的徐斌也難得眉眼柔和了些。

「對了，還有成立巡邏隊的事，我已經派小吳去和收容所的容蓉談好合作，他們會派人協助，每天在第一層輪班巡邏，照你之前囑咐的，黑龍會那些人如果有想回歸正途找份正經工作的，我們也收了，目前人數已經有十三人。」

「很好。」李眞點頭，「我這次發瘋的這段日子，還有其他事嗎？」

李眞的狀態時好時壞，因此有許多事需要經由徐斌和胡三轉述。

胡三搖了搖頭，感嘆道：「老大，你發瘋的時候雖然惹了不少麻煩，但也解決了不少事啊。要說最大的麻煩，應該是你那突然冒出來的小情人吧，我看他八成還會再搞點事。」

「他叫林慕。」李眞不滿意胡三對林慕的稱呼，他知道胡三曾在賭場吃過林慕的虧，也知道他不可能馬上接受突然出現的新人，包括他自己也還在適應這段關係，但不代表就能接受胡三對林慕輕佻的態度。

聽見李眞的語氣難得地重，胡三趕緊改口：「好好好、知道了，我的錯，是林慕，我祖宗、我大嫂。」

「沒有其他事？」李眞忽然轉頭看向徐斌。

徐斌端著酒杯的手一頓，側頭，不明白李眞是怎麼看出自己有事想問。

徐斌晃了晃酒杯，一會後才開口：「他還好嗎？」

「嗯？」

「老大，你別裝傻了，就是那個呂俊啊！他不是一直跟著嫂子嗎？聽說他也來第二層了？哎唷，徐哥肯定擔心，那小傢伙從沒離開過第一層啊，沒放在眼皮子底下肯定不放心。」

胡三賊兮兮地笑。

徐斌把空杯推到胡三面前，「你話太多了。」

胡三給自己倒酒，豪爽地一飲而盡。

李眞拍了拍徐斌的肩，「放心，我讓第二層的副組長看著他。」

聞言，胡三笑容一僵，就連面無表情的徐斌都能看出一絲動搖。

「老大，你在說什麼啊？哪有什麼第二層的副組長？」胡三傻眼地說：「你不會又失憶了吧？從頭到尾，眞正存在的就只有我們錢幣組啊，第二層、第三層以上的副組長，都是你不是嗎？」

胡三清楚記得，當年他和老大、徐哥組成了一支小隊，老大不喜歡露臉，因此總是戴著不知道從哪找來的兔子頭套。不知是老大過於醒目，還是表現太過出色，很快吸引了系統的注意，某天，老大忽然說與系統達成了交易，系統讓他在手機裡創建群組，管理所有玩家，獎勵是會讓他擁有操控玩家的權限。

他們都知道，系統的目的是希望透過人管人，藉機監控所有玩家，而李眞並不著迷於權力，更多的是想利用這個機會私下聯繫玩家，讓所有人團結一致。

老大說，只有眾人團結，才有機會摧毀遊戲。

沒錯，他們小隊的最終目標就是摧毀這個遊戲——而他們曾經一度即將成功。

那年，李眞先是指派了當時幾位聲勢較大的大佬成爲每一層的副組長，再由這些人分別招攬玩家加入群組，因爲透過群組傳遞的訊息都會被系統監控，所以他們會私下找玩家出來，引導他們一起思考對抗遊戲的方法。

時光飛逝，隨著各層群組逐漸壯大，有幾個副組長漸漸不甘於等待，只想爬往更高的階層盡早復生，也有人在闖關過程中殞命，甚至有的副組長開始有了野心，私下做些不法勾當。李眞知道，越有能力的人越難控制，因此後來除了第一層指派了徐斌和胡三以外，剩下的都由他自己接手管理，只是各層幹部並不知道，他們的副組長其實背後都是同一人，畢竟大多時候他們都是透過手機傳遞訊息而已。

終於某一天，時機成熟。

李眞找到了讓遊戲停擺的方法，於是集合大批玩家來到第六層，長達三天，他們只是靜坐在原地，什麼也沒做。

一開始不少人質疑這麼做怎麼可能有用，包括胡三也有些懷疑，但由於他們信任李眞，還是硬著頭皮像個傻子般地去做。

漸漸地，胡三清楚記得當時周圍環境並沒有變，自己的腦海中卻莫名浮現許多看似嶄新又有些熟悉的記憶，甚至還聽見了滴滴答答的聲響，同時腦袋彷彿要爆炸似地劇痛，許多人都發出了哀號。

縱使有幾人當場昏厥，李眞也並未放棄，繼續鼓舞所有人，包括他自己也早已因爲頭疼而滿頭大汗。

李眞扛著痛楚搖晃著昏厥過去的人，其中有一人忽然從昏迷中清醒，驚恐地在李眞耳邊說了一些話，李眞頓時臉色大變。胡三從未見過向來鎭定的老大露出如此驚愕的表情。

但胡三再也沒有機會詢問李眞究竟聽見了什麼。

因爲系統釋放了大批怪物聚集到第六層，逼得他們不得不逃亡、對抗，而李眞也在混亂中被系統抓走，回來時已失去一切記憶，成了人人口中的瘋子頑皮兔，誰也無法輕易接近。

那天，正是十一月十號。

歷經十一月十號事件的慘痛教訓，所有人再也不敢貿然抵抗系統，有數百人因此而死，再加上他們也失去了領袖。

系統輕而易舉便讓眾人知道，別妄圖挑戰系統的權威。

李貞失蹤期間，胡三和徐斌維持著第一層的秩序，並利用老大遺留的手機繼續與各層幹部保持聯繫，不能讓各層群組停擺，否則肯定大亂。

胡三心想，他們開始接手後，才知道老大平常到底有多恐怖，是怎麼一個人控制九個群組，管理多達兩千多人？

他們甚至懷疑老大是不是因此才發瘋。

再後來，老大清醒過來，重新聯絡了他和徐斌，不過清醒的時間大多不長，直到林慕出現才明顯好轉，最近甚至恢復了不少記憶。

只是，老大從不肯說自己在十一月十號那天究竟經歷了什麼、發現了什麼，每當提起這些事，老大的臉色便會像死人般蒼白，讓人無法追問下去。

「老大，你別再笑了，快說第二層的副組長是怎麼回事？你找到可以指派的新人了？」

胡三滿臉期待，畢竟現在只有他和徐斌兩人管理所有群組，幾乎全年無休，工作量極為繁重，他們早就快被逼瘋了。

李貞不再賣關子，笑容燦爛地說：「沒錯，徐斌，你來接手第二層。」

徐斌：「……」

胡三急道：「……等等，那第一層誰……喔、不，不會的……」

李眞點頭，「老三你接第一層。」

「喂喂，我不要！嫌我事情不夠多嗎？每天光應付金龍的手下就煩死了！」比起升官，胡三更想少工作幾天在家睡到自然醒。

李眞調笑道：「剛才不是說想要三倍薪水？給你了。」

「不用！不要！不——」胡三慘叫：「你明明知道我是開玩笑！徐斌！你不會答應吧？你爲什麼不說話？難道你眞要爲了那個小傢伙換過來？你們這些傢伙有馬子就忘了兄弟……」

李眞微笑，徐斌瞥了眼，兩人的視線同時投射過去，胡三倏地小聲道：「……我是說大嫂、二嫂。」

交代完所有事，三人靜靜地喝酒，享受久違的重聚。

胡三這才注意到一件事，訝異地道：「老大，你發生了什麼事嗎？」

「嗯？」

「你心情不好的時候，會不自覺用食指敲杯子。」

胡三認識的李眞大多時候相當開朗，無論發生什麼事都能正面應對，彷彿在他身上從未有陰影，只有很少數的情況會情緒不佳，例如組員受傷、離世等無可挽回的事。

「觀察得眞細。」李眞搖頭失笑，「不用擔心，已經結束了。」

「事情解決了嗎？不愧是老大，沒有難得了你的……」

「我們鬧翻了。」

「……」胡三忽然懂了，「你和林小子吵架了？需要我們幫忙嗎？」

胡三知道林慕相當憎恨發瘋時的老大，雖然他們也不能適應老大性格突變，但不至於像林慕這般深惡痛絕。

他總感覺，林慕身爲老大的伴侶，可能他憎恨的不只是頑皮兔的瘋狂，更多是比他們還無法接受那樣的老大，或許是因爲他曾經看過老大最溫柔的一面吧。

「不用，阻止我就好。」李眞收斂起笑容，語氣也沉了下來，「徐斌，你來第二層阻止我。」

徐斌看著李眞，眼神像在問：阻止什麼？

「阻止我毀了他。」

徐斌沉默，簡短而愼重地回答：「好。」

徐斌認識李眞許久，從一開始因爲某個目的主動進入遊戲，他就找上了李眞。

兩人達成協議一同闖關，再後來遇上了老三，變成了三人。

很久以前，李眞還不是「頑皮兔」的時候，他就已經總是戴著頭套，默默幫助玩家，從不留下眞名。

徐斌問過李眞戴頭套的理由，李眞說：「不想被看見。」

李眞說他自己也不知道爲什麼，就是有東西不想被看見。

總之，那時戴著兔子頭套的李眞因爲幫助過不少玩家，許多人覺得他可愛、和藹可親，李眞也常用兔子的形象逗小朋友玩，直到後來發了瘋，兔子頭套才成爲恐怖的象徵。

但徐斌覺得，可愛的兔子和恐怖的兔子兩者其實沒有太大區別，只是外顯和內藏而已。

凌晨六點，即將天亮，聚會結束，三人走出包廂，李眞依舊備受矚目，甚至有人一直守在包廂外，等著他什麼時候出來。

李眞不失禮貌地笑著打發了所有人。

胡三知道李眞不喜歡引人注目，加上要與他們聚會，所以才沒戴上兔子頭套，畢竟頑皮兔的名聲十分「響亮」，但是……

胡三大口嘆氣：「老大，不管戴不戴頭套，你都一樣引人注目啊。」人帥眞好。

♠
♠

清晨的第一抹陽光投射到校園的走廊上，映照著斜靠在牆邊的人。

林慕緩緩睜開眼，耳邊傳來清脆的鳥鳴，空氣裡帶著涼涼的濕意，他覺得自己好像並沒有真正睡著，眼睛痠澀得厲害，他捏了捏鼻梁，強撐起精神，不容許自己露出半分破綻。

林慕從包裡拿出連帽外套和口罩，穿戴好，拉起兜帽，遮掩住容貌。

他瞥了眼不知何時滾到走廊中央呼呼大睡的呂俊，起身將背包掛在肩上，打算獨自離開。

這時，天花板傳來「沙沙沙……」的雜音，走廊角落的廣播器忽然響起——

「校內報告，今天是新生開學典禮，請各位同學盡速前往禮堂，典禮將於九點舉行。」

廣播不斷在校園內迴盪，直到重播至第九遍，呂俊才從睡夢中驚醒，猛然睜眼，「唔！什麼？怎麼了？」

林慕按著太陽穴，嘆了口氣。眼前這傢伙醒了，自己就甩不掉他了。

果不其然，林慕才剛邁步，呂俊便亦步亦趨地跟上來，一副精神抖擻的模樣，臉上絲毫沒有倦意，顯然睡眠品質特別好，看得林慕更惱火了。

呂俊見林慕一路上遮遮掩掩，儘可能避開其他人也並未起疑，只想著：大哥長得這麼引人注目，想低調也是很正常的事！

兩人一路來到禮堂，裡頭擺滿了鐵椅，大約已經坐滿七成。

林慕見所有人並未按照班級分配入座，暗自鬆了口氣，便挑了倒數第二排，最靠近逃生出口的角落位子坐下。

其他人的注意力大多都在講台上，正七嘴八舌地討論著突如其來的「開學典禮」，有人擔心這是某個人的關卡被觸發了，若是在其他層，因爲地圖廣大，與該關卡無關的玩家還有機會避開，但現在大家都被困在同一所學校，誰的關卡被觸發都很有可能影響到所有人，甚至導致多人喪命。

也有部分人在討論昨天半夜出現的奴隸，雖然只要奴隸出現他們就有機會離開第二層，但問題是——國王是誰？

規則曾提到「只有國王能夠賜死奴隸」，而他們研讀過校規，校內禁止械鬥、殺人，這表示除了國王以外，沒有人能夠處決奴隸、讓所有人離開島嶼。

林慕靜靜聽著，握著魔術方塊緩緩轉動。

看來，他的目的成功達到了。

他用廣播的方式宣布身分並不只是賭氣，而是要把麻煩推給李眞。現在，需要小心翼翼藏好身分的人，是李眞了。

林慕靠著椅背，悠哉地等待典禮開始。

九點鐘聲響起，禮堂大門關閉。

不久，門外突然傳來驚恐的呼喊聲，「砰砰砰！」外面的人用力拍打著門板，懇求禮堂內的人開門。

原先在外面觀望遲遲不敢進入禮堂、或是來不及趕上的玩家們，不知在外頭遭遇了什麼，紛紛發出絕望的尖叫，還未等到裡面開門，不過幾秒，尖叫聲停止，只剩下類似骨頭碎裂的聲音，以及不明的咀嚼聲。

違背校規的下場，可想而知。

林慕皺著眉，捏緊魔術方塊，暗罵這個該死的變態遊戲。

禮堂一片靜默，所有人如坐針氈，直到講台上傳來一陣滾輪聲，穿著禮服的AI機器人從布幕後方滑出，光滑的金屬面部看不出任何表情，語氣卻相當激昂雀躍：「歡迎各位新生來到天堂島學院！」

自稱「校長」的機器人制式化地開始吹捧這所學校的優點，彷彿背誦著寫好的廣告台詞，長達十幾分鐘，有人忍不住昏昏欲睡，卻冷不防被點名。

「第十排第二位同學，再被提醒一次，就要請你離開禮堂。」明明校長的「臉」完全轉向另一個方向，卻能清楚知道其他位置發生的一切，讓人毛骨悚然。

這下再也沒人敢鬆懈，各個臉色鐵青，深怕被點名，所有人中，只有林慕的反應不同。他認眞聽著，並記在心裡，他想：原來這就是開學典禮，如果自己也曾參加過的話，會是什麼樣子……

林慕痛恨遊戲刪除了自己的記憶，讓他忘記本該美好的回憶。

校長致辭完畢，正要下台前，忽然說道：「那麼，讓我們歡迎這一屆的新生致詞代表——國王，上台致詞。」

聚光燈打在台下其中一個座位，顯眼的兔子頭套、高挑健碩的身型，外加周圍的位子全都沒有坐人，讓人一眼就明白誰是國王。

在場沒有人料到，遊戲竟然會直接曝光國王的身分！

林慕微微一頓，手裡不自覺快速轉動著魔術方塊，很快冷靜下來。

其他人卻不像林慕這般冷靜，倒抽了一口氣，驚呼連連。

「頑皮兔竟然就是國王？」

「什麼？昨天不是聽說他是數字三嗎？」

「天啊，頑皮兔是K！我們死定了！」

頑皮兔的瘋狂眾所皆知，如今又拿到K的位階，豈不是更能爲所欲爲？

李眞自從被點名後就一直低著頭沒反應，直到被校長沉聲再度催促，他才抬頭，站起身，笑著說了句：「媽的。」

接著李眞走上台，在眾人驚恐的目光中，隔著兔子頭套對麥克風說：「非得這樣是嗎？好，等著。」

沒人知道頑皮兔在對誰喊話，也沒人理解爲什麼他明明抽到最好的牌，卻這麼不爽。只有林慕知道，李眞是在對系統說話，因爲從現在開始，李眞也會和自己一樣成爲眾人糾纏的對象。

究竟是李眞先被推翻，還是自己先被賜死？眞有趣。林慕冷笑。

李眞正想下台，系統卻沒打算這麼輕易放過他。校長出聲喊住李眞：「同學，請說明你今年的願景，你打算如何處置奴隸？」

系統的惡意一目了然。

李眞不想理會，校長卻撂下重話：「請作本校新生們的典範。」

眾人嚥了口唾沫，等待李眞的回答。有的人恐懼，有的人期待，也有的人不知所措。

而李眞只是一手抓住面前那顆機器腦袋，「喀」一聲硬生生將校長的頭扭斷。

AI當機似地不斷發出電流雜音，直到腦袋被李眞扔在地上，揚聲器也被一腳碾碎，才再無聲響。

李眞揚長而去。

眾人遲遲無法從驚愕中回神。

李眞沒有受到懲罰，因爲校規雖提過不可忤逆老師，卻並未提到「校長」也包含在內。

林慕看著李眞的反應，將魔術方塊輕靠著下巴，若有所思。

李眞看起來和平常一樣瘋癲，但又有哪裡不對勁。是錯覺？

林慕的目光下意識隨李眞而去，直到被呂俊驚喜的聲音喚醒：「大哥！眞是太好了，頑皮兔大哥是國王啊！這下他肯定能保護我們……」

林慕恨不得堵住呂俊的嘴，幸好沒人注意到他們，因爲眾人的目光全都聚集在台上——本以爲校長的頭被擰斷，「開學典禮」會就此結束，卻沒想到紅幕後方傳來滾輪的聲音，另一台如出一轍的校長機器人出現，若無其事地對著台下說道：「歡迎各位新生來到天堂島學院！」

相同的話語，相同的致詞，校長往四周巡視一圈，無視身邊斷頭的「屍體」，笑著說：

「怎麼感覺同學們這麼眼熟呢？」

詭異的氛圍下，全場正襟危坐，不敢多言。

接下來校長又拋下一顆震撼彈，眾人終於明白這場「開學典禮」真正的用意。

「本學院有三個學年，總共十二次大考，若每次大考有三科以上不及格將會被請離學校，但若某次考試各科平均達八十五分以上，可直接跳一級，若達滿分，可直接畢業。請各位新生們多加努力，為學院爭光！」

校長慷慨激昂地宣布規則，造成台下不小騷動。

許多老玩家早已知道遊戲肯定有其他隱藏規則，關卡不可能設計成強迫玩家滯留三年，肯定有快速通關的方法，但是，滿分當然不容易。

竟然會有一個關卡純粹考驗的就是學習能力。

消息公告後，幾家歡樂幾家愁，校長在哀聲遍野中離了場，彷彿一切與他無關。

林慕早已知道關卡針對自己，對於這樣的機制並不意外，並且……還相當樂在其中。

八十五分是一定要的，但如果考滿分會如何？肯定會很有成就感吧？全校第一的話，該有多爽？

林慕激動地雙手握拳，拚命壓抑住上揚的嘴角，只差沒站起來歡呼。

呂俊看見林慕臉上不斷變化的精彩表情，罕見地流露一絲嫌棄。怎麼會有人聽到這麼可怕的規則還興奮成這樣啊？

此時，校內廣播響起：「開學典禮結束，各位新生可以離場，擇日將進行入學考試，請同學們務必全力以赴。」

一聽見入學考，眾人臉色都綠了。

考什麼？怎麼準備？沒考上會死嗎？

「什麼入學考試？給我們出題範圍啊！」

「抗議！我要抗議！關卡規則有問題！你他媽到底是怎麼設計的？」

突如其來的通知讓現場陷入暴動，有人終於憋不住恐懼和怒火，開始四處摔鐵椅、砸玻璃，也有人不斷叫囂，試圖集合所有人嚴正抗議。

然而，很快無數道從天而降的血紅色光束刺穿了暴動者的腦袋，不過短短十幾秒，全場驟然安靜下來。

空氣裡瀰漫著難聞的燒焦味，倖存的人驚恐地看著額前一個大洞、死不瞑目的好幾具屍體，淚水在眼眶打轉，連哭都不敢出聲。

眾人放下武器，停止逃跑，甚至有人跪在地上求饒。

禮堂總人數整整少了一半，剩下的，只有冷靜、恐懼和愣住的人們，再也沒有人敢存著「或許能推翻規則」的僥倖心理來爭吵和反抗。

林慕心中竄起怒火，他最痛恨這個遊戲的就是這一點，擅自決定他人的命運，不把人當人看，只當作是必須服從的玩物。

看著遍地屍體，以及跪地求饒的人們，林慕冷漠心想：埋怨、祈禱和遵從都是沒用的，唯一能做的只有找出方法擺脫這個該死的遊戲！

就在這時，呂俊忽然跪在地板上，檢查了一下那些死不瞑目的屍體後，憤怒地指著天花板大聲控訴：「你們怎麼能這麼做？不是說要讓我們重獲新生嗎？爲什麼這麼隨隨便便就殺人！」

林慕愣住，沒想到呂俊會如此大吼，他心裡知道要避開以免被波及，手卻不自覺伸向呂俊的後領，把對方從地上提起來，「你在幹什麼？快閉嘴！」

呂俊長年待在第一層，並且他的第一關十分輕鬆，只從大佬們口中聽過其他層的關卡有多殘酷。當聽到其他關卡經常死人時，他只似懂非懂地覺得驚訝，從沒有確切的眞實感，直到現在，他親眼看到血流成河的場景，才狠狠受到震撼。

呂俊完全聽不進林慕的話，雙眼赤紅，全身顫抖，儼然已失去了理智，繼續大聲指責。

看到頭頂上的機械裝置已瞄準呂俊，準備射出紅光，堵住他的嘴也無法阻止，林慕忽然大吼：「滿分！」

機械停下，似乎在等待林慕想說什麼。

「你們說要『爲校爭光』對吧？我能讓他全科滿分，如果你們現在殺死他，榜單上就少一個名字，這樣好嗎？」

林慕說完只覺得無比懊惱，完全不知道自己在說什麼，這是他第一次感覺自己腦袋不清楚，簡直像慌不擇路的人。

沒想到，頭頂上的機械裝置竟眞的不再動作，看來「考試成績」確實是這個關卡最注重的關鍵。

聽到自己要全科考滿分，原本失去理智的呂俊頓時被一桶冷水澆熄怒火，徹底冷靜下來。

「嗚嗚……全部滿分？不如現在殺死我吧。」

「你給我閉嘴。」

05 真正的瘋子

由於林慕爲呂俊出頭，禮堂內的氛圍瞬間發生了變化，尚未眞正平息的鬧劇很快又掀起波瀾。四周玩家們的目光如探照燈般集中到林慕身上，儘管帽子遮住了他的眉眼，還是有人眼尖認了出來。

「是奴隸！」一聲驚呼劃破了寂靜，緊接著引來此起彼落的竊竊私語。

「他就是林慕對吧？」

「快抓著他！找到他的牌就能離開了！」

禮堂內緊張的氣氛迅速攀升，從最初的遲疑到最後的躁動，人群逐漸從四面八方向林慕和呂俊靠攏過來，宛如一張無形大網正慢慢收緊。

林慕瞥了周遭一眼，從他出聲的那一刻就已預料到這個場面，他在心中暗自咒罵呂俊，接著扯著他說：「跑！」

兩人幾乎同時轉身，看準人群間的縫隙朝禮堂外衝去。身後傳來一陣喧譁和腳步聲，數量龐大的玩家如潮水般擁上，追逐聲浪滾滾而來。

林慕和呂俊衝出禮堂，眼前是開闊的操場。陽光透過樹葉間隙灑在校園裡，散發淡淡的草木氣息，然而這並未讓人感到半分平靜，此刻的校園像是一座巨大而無情的狩獵場，無數雙眼睛從後方緊追著林慕和呂俊，那些目光裡既有興奮，又有冷酷無情的殺意，與逐漸追趕上的腳步聲和叫喊聲交織成一場不會停止的噩夢。

「快抓住他們！」有人大喊。

兩人不敢懈怠地一路狂奔，踩著操場上的草皮朝對面跑去，陽光灼燒著他們的皮膚，汗水順著額角滑落，而身後追逐的腳步聲雜亂作響，讓人幾乎喘不過氣。

「大哥！」呂俊氣喘吁吁，萬分震驚地喊：「你是奴隸啊？你怎麼沒跟我說！」

林慕腳步不停，語氣帶著幾分嘲諷：「你不是不在乎我撲克牌數字的大小？」

呂俊一時語塞，繼續追問：「是不在乎啊！但是你藏起來的那張七是……」

林慕冷哼一聲，毫不客氣：「當然不是我的，你都能想到的藏牌地方，難道我會藏在那裡？」

呂俊啞口無言，還想再問什麼，但身後的喊殺聲越來越近。

兩人飛奔過操場，衝進了走廊，地上映出他們奔跑的影子，交錯而凌亂。林慕掃了一眼周圍，快速判斷逃跑的路徑。他知道自己體力有限，加上撲克牌等級的差距影響很大，再這樣下去肯定不是辦法。

「擋住他們！」

「快，他們跑進教學樓了！」

林慕拽著呂俊衝上二樓，身後的腳步聲彷彿已踩在他們的腳跟上。汗水順著林慕的臉頰滑下，他的呼吸越發急促，然而仍然沒有放慢速度。

「大哥，現在怎麼辦！」呂俊驚慌失措地問，嗓音裡帶著顫抖。

林慕目光迅速掃過周圍，發現不遠處的教室門半掩著，他立刻拉著呂俊衝了進去，隨手反鎖了門。

「先躲一下。」林慕壓低聲音說，拉著呂俊躲在講台後面。

追逐聲很快逼近，玩家們一個個衝過教室門口，卻沒發現他們的蹤影。教室內一片寂靜，只有兩人的喘息聲。

不過，這片寂靜並未持續太久。門外傳來了其他腳步聲，似乎有人發現了門被反鎖的異常狀況，開始用力撞門。

林慕的心猛地一沉，握緊拳頭。

門鎖很快被撞開，幾個玩家一擁而入，他們眼神瘋狂，直直地撲向兩人。

來的人們身材羸弱，看起來並不難對付。林慕原本打算利用桌椅間的走道，藉由蛇行的方式繞過他們，沒想到這幾個玩家在撲克牌的加持下，力量遠超常人，瘦弱的外表下隱藏著驚人的蠻力，輕而易舉便將桌椅掀飛。

呂俊原本想擋在林慕面前，卻直接被人一掌揮開，林慕還沒來得及閃，已被人用力按倒在地，手臂扭到身後，無法動彈。

「抓到了！」抓住林慕的男子語氣難掩興奮，但當他透過鏡片迎上林慕回頭時那雙冷漠的目光時，臉上的興奮之色瞬間僵住，取而代之的是一絲不安。性格怯懦的他猶豫了，心底深處的恐懼和羞愧逐漸浮現，眼神也跟著閃爍起來，目光顯得格外複雜。

「對不起！很痛嗎？」男子推了下眼鏡，嚥了口唾沫，吞吞吐吐地說：「我不是故意要抓你……」

林慕冷冷地說道：「不是故意的，會大老遠跑來抓我，還打他？」

眼鏡男怔住，語氣更加慌亂：「我、我只是……我只是想完成關卡……而且，我好不容易才抽到大牌，抽到小牌真的很慘，你懂嗎？對不起，真的很對不起！」

林慕笑了，那笑容裡帶著真心實意：「哦，我懂。」

「咦？」眼鏡男愣住了，沒想到林慕會這麼說。

「我當然懂。」林慕的聲音低沉而冰冷，「這世界上大多數人都是自私自利的人渣，差別只在於有沒有表現出來。」

「我不是人渣！」眼鏡男激動地反駁，語氣因著急而顫抖：「你根本不知道我之前有多慘，我也是受害者！」

「關我什麼事？」林慕懶得聽廢話，直接打斷他：「做了壞事還不想被當成壞人，那就更討人厭了。」

眼鏡男的臉漲得通紅，雙唇顫抖著一句話也說不出來。其他玩家也開始交頭接耳，有人低聲道：「沒辦法，我們也不願意啊，但還能怎麼辦？記得我們之前有多慘嗎？在這裡只能顧好自己！」

眼鏡男掙扎許久，最終說服自己，「對不起，一切都是運氣，只能怪你沒抽到大牌！」

被壓制住的呂俊高聲喊叫，林慕咬牙切齒卻怎樣也無法掙脫。

正當這群人準備對林慕動手時，一道慵懶又帶著輕佻的嗓音打破了僵局：「在我面前，誰敢提大牌？」

所有人僵住，循聲望去，只見一道身影悠閒地坐在講台上，雙手抱胸，晃著蹺起的那條腿，嘴角掛著懶洋洋的笑容。

「頑皮兔！」

有人驚呼，語氣裡滿是恐懼。

這突如其來的呼喊宛如當頭一棒，讓所有玩家動作瞬間停住。講台上的人正是李眞，此時他懶散地坐在那裡，目光掃過場中眾人，眼神帶著戲謔與威懾。

眼鏡男和幾個抓住林慕的玩家立刻鬆了手，彷彿面對的是一頭隨時可能暴起的猛獸，只想著快點逃命。

呂俊一看到李眞，剛才的緊張瞬間化爲激動，他滿臉驚喜地喊道：「頑皮兔大哥！太好了！你來得正好，快點救救大哥！」他一邊說一邊想衝過去，但沒等他靠近，衣領就被一隻大手猛地揪住。

「別靠近！快點逃！」揪住呂俊的人是徐斌，他臉色嚴峻，低聲命令。

「徐斌大哥？」呂俊愣住，還來不及反應就被徐斌一把推到一旁，緊接著，一道寒光劃過，徐斌臉上多了道血痕。

徐斌悶哼一聲，抬手按住臉頰，鮮血從指縫間滲出。他看向李眞，對方手裡握著一把小刀，刀刃上沾著自己的血，閃著令人心悸的寒光。

若是他沒有推開呂俊，那把刀原本是對準呂俊的左眼。

「怎、怎麼回事……頑皮兔大哥不是站在我們這邊的嗎？」呂俊滿臉震驚，身體僵在原地。他無法理解，剛剛還是救命恩人的李眞，爲什麼突然對他們動手。

徐斌冷聲道：「他又瘋了。你們快走，我擋著！」徐斌的語氣帶著不容置疑的意味，目光始終緊緊盯著李眞。

「徐斌，你眞無趣，總是這麼掃興。」李眞嘟起嘴，顯得十分不滿，他輕輕晃了晃刀子，像是在玩一件無害的小玩具，「爲什麼你允許那隻寵物跟在慕慕身邊，卻從剛剛開始就一直阻止我找慕慕？就算是你，我也不會放過唷。」

徐斌深吸一口氣，冷靜回應：「李眞，是你讓我阻止你。」

「哦，我懂了，原來是另一個『我』。」李眞眨了眨眼，低聲喃喃，宛如在自言自語，接著突然抬起頭，似笑非笑地看著徐斌，嘴角揚起一抹嗜血的笑容，「他什麼時候這麼傻了？『我們』想做什麼，誰管得住？」

徐斌沒有回答，只是沉下臉，默默攥緊了拳頭。他知道，李眞說的沒錯，不過在這個遊戲裡，除了自己，再無別人能阻止他發瘋。

李眞的目光轉向林慕，眼中的瘋狂瞬間轉爲喜悅。他跳下講桌，走向林慕，彷彿周圍的一切都不存在。教室裡其他玩家早已落荒而逃，留下的只有呂俊、徐斌，以及冷冷注視著李眞的林慕。

「慕慕，你還在生我的氣嗎？」李眞走到林慕面前，伸手輕輕撫上他的臉，嗓音甜膩得不像話，「不要生氣了嘛，你看，我來了，誰也不敢對你下手。」

徐斌剛伸手想要阻止，卻猛地僵住，低頭一看，一把小刀不知何時已深深插在他的腹部，鮮血頓時湧出，染紅了衣衫。他愣在原地，腳步踉蹌，險些倒地。

沒人看清李眞是什麼時候動的手。

「徐斌！」呂俊驚慌失措，不顧一切地衝向前扶住徐斌，彷彿眼前的李眞並不存在。幸虧李眞的目光始終凝聚在林慕身上，只要不打擾他，他對其他人不屑一顧。

林慕直視著李眞，眼神冰冷而沉著，像是一潭無波死水，卻又暗藏著壓抑的怒火，「呂俊，帶著徐斌，走。」

「可是……」呂俊還想說話，卻被林慕厲聲打斷：「快走！」

看著林慕堅決的神情及受傷的徐斌，呂俊咬了咬牙，決定聽命行事。他擔心林慕，但也相信林慕。

呂俊扶起徐斌，徐斌原本不願意走，因爲他答應過李眞會阻止他，然而呂俊紅著眼眶說：「我們走吧！大哥很強，他不會有事的，而且頑皮……李眞大哥，肯定不會希望醒來後看到自己殺死了最重要的朋友！」

徐斌沉默一會，跟著呂俊離開。

林慕沒有再看他們，只冷冷盯著李眞。隨著呂俊和徐斌的離開，教室裡變得更加空蕩，氣氛也更加壓抑。

李眞微微偏頭看著林慕，大掌仍不捨地摸著林慕的臉，流連忘返，「我說過，討厭所有人都覬覦你對吧？爲什麼要公開你是奴隸？你希望我殺了所有人嗎？」

林慕低垂著眼，李眞手裡淌著血的刀子猩紅得刺眼。他緩緩道：「我是在給你一個機會——把我永遠綁在身邊的機會。」

「哦？」李眞似乎來了興致，雙眸愉悅地瞇起。

林慕抬眸，緊盯著李眞，語氣冷靜而不容拒絕：「現在，所有人都知道我是奴隸，而你也看到了，只有你能確保我的安全。所以，我只能待在你身邊。」

李眞頓了一瞬，笑容逐漸燦爛，接著開始哈哈大笑，笑聲迴盪在教室裡。好一會，他才說道：「這個說法很有趣，但你知道最有趣的部分是什麼嗎？」

林慕冷冷看著他，沒有回答。

「這完全不像是你會說的話。」李眞收起笑容，湊近了一步，兩人臉龐靠得極近，幾乎能感受到彼此的呼吸。李眞金色的眸子閃爍著不明的光芒，「慕慕，你在想什麼？」

林慕沉默片刻，突然勾起笑容，神態從容不迫，反客爲主地道：「你猜不到，對吧？你永遠不知道我眞正的意圖是什麼，我想害你？還是想趁機殺了你？又或者有其他原因？誰知道呢。這就是你把我帶在身邊的代價。」

李眞與林慕四目相對，眼神交鋒間激迸出濃烈的火藥味，然而，對立之中又暗藏著某種微妙的默契。

這場拉鋸戰，才剛剛開始。

另一方面，呂俊扶著徐斌跌跌撞撞地來到保健室，推門而入時，迎接他們的卻是一片空蕩空間。地板上積著灰，桌椅被整齊地堆放在牆角，看起來像是很久沒人使用過。

「大哥說的對，這根本是黑心遊戲！管教學生的AI到處都是，保健室卻一個AI都沒有！」呂俊憤憤地踢了踢地上的一根桌腳，接著又轉身看向徐斌，焦急地說道：「你別擔心，我是警察，受過急救訓練。」他的手伸向徐斌胸口的釦子，動作雖然迅速，但看著被鮮血沾染的衣衫，碰著釦子的手卻顫抖得厲害。

徐斌掃了他一眼，直接揮開他的手。「讓開。」

「你、你流了很多血……」呂俊不死心地在房間裡四處找尋止血物品，然而所有櫃子空空如也，連基本的藥品都沒有。呂俊這才知道，這遊戲是眞心想置玩家於死地。

見呂俊臉色慘白，徐斌未置一詞，只道：「轉過去。」

「這裡什麼都沒有，你自己怎麼處理……」

「我受過急救訓練。」

呂俊一時聽不出徐斌是在調侃自己還是說眞話，只能直勾勾地看著對方，不知該如何是好。

徐斌挑了挑眉，伸手彈了一下呂俊的額頭，以命令語氣重複道：「還不快轉過去？」

呂俊如同大夢初醒，摀著額頭，「喔、喔！」然後迅速轉身站好。

耳邊傳來衣料摩擦和金屬碰撞的聲音，他一面困惑這是什麼聲音，一面不安地嚥了口唾沫，「你沒問題吧？要不要我找人幫忙？你別都不說話啊，還活著吧？」他一緊張話便多了起來。

徐斌許久沒有回應，雖然能聽見身後持續傳來細微響動，呂俊依然提心吊膽，掙扎好一會才猛然轉身，因焦急而略顯不耐煩地道：「你到底好了……沒……」

話還沒說完，他就呆住了。

徐斌坐在桌邊，正在冷靜地包紮腹部的傷口，動作乾淨俐落。旁邊桌上放著一組黑色皮革包裹的手術刀和縫合器具，鋒利的刀刃在昏暗的燈光下閃著寒光。

「你在跟誰說話？」徐斌捆著繃帶，淡淡地說。儘管嗓音和表情都沒有半點情緒，隱約透露出的壓迫感卻讓呂俊膽顫。

呂俊這才意識到剛才的口吻。天啊，他是怎麼了，怎麼敢用這種口氣跟副組長說話！

「那個……我……我只是關心……請問您從哪裡找到這些東西的？」呂俊試圖諂媚地笑了笑。

然而徐斌的臉色頓時不好看了。

呂俊手足無措，不敢再隨便開口。而徐斌自己也說不上來，他忽然覺得，呂俊剛才口不擇言的樣子比現在順眼。

最終還是徐斌打破僵持的氣氛，「李眞給的。」

「等等，頑皮兔大哥給你的？」呂俊瞪大眼睛，腦袋裡冒出匪夷所思的畫面，忍不住脫口而出：「他先給你急救包，然後再殺了你？」

徐斌不置可否，只是收拾了下桌上的工具。

「他瘋了吧！」呂俊脫口而出，說完又驚慌地摀住嘴，像是害怕對方會突然從哪個角落冒出來。

「他是瘋了。」徐斌沒有否認，態度平靜，似乎很了解對方。

「副組長，我聽說你們以前關係很好，他怎麼會對你下手？」呂俊困惑地問。

聞言，徐斌回憶起不久前的聚會，那時李眞還是正常的。李眞享用著桌上的酒水零食，忽然對自己說：「那傢伙還沒忘記。」

徐斌看向李眞，示意對方繼續說。

「那天在賭場，你碰了林慕的手，全場都看到了。」李眞指了指自己的腦袋，無奈地笑著說：「他記得清清楚楚。如果那傢伙跑出來，你要小心。」

徐斌拿著酒杯的手頓了下，接著啜了一口酒，「是他沒忘，還是你們都沒忘？」

「哈哈哈！總之你多小心，我現在控制得了，但『他』就不一定了。」李眞拍了拍徐斌的肩膀，徐斌撥開損友的手。

「老大，明明是你強行入侵人家的身體啊，怎麼還叫人家負責？」胡三在一旁調侃。說完，他的表情正經了幾分，補充道：「徐斌，我教你幾招吧，我以前在戰場學了不少。」

胡三曾是特種兵，對急救和縫合傷口的技術嫻熟無比。

回憶到此，徐斌收回思緒。他並沒有對呂俊多做解釋，畢竟他們三人過往的交情並不是三言兩語說得清。

徐斌只知道，就算被李眞殺死，自己也不會有怨言。

並不只因爲曾一同出生入死的情誼，還因爲雖然李眞從未提過，但他們都心照不宣，李眞會從一個陽光開朗的人變成如今這樣，與十一月十號那場戰役有著無法切割的關聯。

而當時的他們，都難逃責任。

「副組長？副組長？」呂俊在徐斌面前拚命揮手，喚回了徐斌的注意。見徐斌略顯不耐地皺眉，他這才鬆了口氣，「你別突然不講話啊，我還以爲你哪裡不舒服。」

「我看起來像很舒服？」徐斌冷冷地回。

呂俊面色尷尬，此刻的徐斌滿身猩紅，確實不像多自在。但比起身體不適，他總覺得對方話中帶刺。

「那個……不好意思，我想問一下，請問你……不，副組長您……是不是還很在意那、那件事？」呂俊捏著手指，支支吾吾地問。

徐斌無動於衷，彷彿不知道呂俊在說什麼。

呂俊猶豫再三，見對方毫無反應，只得壯著膽子大聲說出口：「就是我在飯店放你鴿子那件事啊！」

徐斌身體一僵，臉色瞬間黑如鍋底，難以維持鎮定。

「你是故意的？恨不得讓全世界都知道？」徐斌站起身，揪住了呂俊的領子，像拎小貓似地將他提了起來。

呂俊驚覺惹惱了徐斌，緊張得滿臉通紅，結巴道：「不、不不不！我怎麼敢？我不是故意要讓所有人都知道我放您鴿子！」

「閉嘴。」徐斌再度沉下臉，隨手將呂俊甩開，轉身想走。

「等、等等，我還有話想跟您說！」呂俊大聲地喊。

「你不怕我撕爛你的嘴？」徐斌語氣冷冽，瞇起眼睛。

呂俊聽得寒毛直豎，毫不懷疑徐斌敢這麼做。別說副組長在第一層的威望，光是能與喪心病狂的金龍對立這麼久，就能證明他絕對不是好惹的。雖然怕得直哆嗦，但呂俊還是閉著眼大吼：「我一直想跟您說——對不起！」

徐斌依舊冷著臉，沒有回話。

呂俊忽然跪了下來，抓住徐斌的褲管，帶著哭腔說：「副組長，我是真的覺得很抱歉，對不起！我不該別有用心地接近您，在您對我示好的時候，我不敢拒絕，只能逃跑，辜負了您的心意，真的很抱歉！」

徐斌早已聽過呂俊的道歉，但還是第一次看見對方哭得一把鼻涕一把眼淚。

「我沒想到您會這麼在意，我以為您只是逗我玩，像您這樣的人怎麼會看上我，而且您要多少人有多少，怎麼可能在意我……」

見呂俊聲淚俱下，徐斌微微一頓，伸手準備將他抓起來。

「看到您至今都還沒辦法忘記我，我不知道自己有這麼大的魅力，真的覺得很愧疚……都是我的錯嗚嗚……」

徐斌動作停住，總覺得越聽越火大。

當呂俊拿他的褲管擦鼻水時，徐斌再也忍無可忍，一腳將他踢開。

徐斌眉頭緊鎖，揉著眉心，反思自己的喜好是不是出了問題，怎麼會迷上這種傢伙。

他一把抓起哭哭啼啼的呂俊，將他壓到牆上。

呂俊瞠大雙眼，倒抽了一口氣，緊張得打起了嗝，「呃！別打我，我錯了！」

徐斌看著呂俊紅通通的雙眼，沉聲說：「你知道我生氣，卻從沒搞清楚過為什麼。」

呂俊望著徐斌近在咫尺的臉龐，突然想起那晚在飯店的情景。當時徐斌溫柔地湊近他，即使被他驚慌失措地推開，也絲毫沒有怒氣，只是轉身說要去洗澡。

呂俊忽然想到一個可能——或許，徐斌當時說要去洗澡，就是在給自己逃跑的機會。只是那時徐斌並不知道，自己不只是因爲害怕，更是因爲原本就是假意接近。

想起徐斌曾經的溫柔和那段日子的歡笑，呂俊除了愧疚，內心不知爲何感到一陣酸楚，忍不住又落下眼淚，「對不起……呃！我眞的，呃！不該，欺騙你……」他邊說邊打嗝，加上涕淚縱橫，整張臉無比狼狽。

「最後一次，閉嘴。」徐斌掐住他的臉，說道。

呂俊聽出這是最後通牒，瞬間不敢再作聲，緊緊閉上嘴，仍舊控制不了地打嗝。

「就說了，你沒搞清楚狀況。我不需要道歉。」

語罷，徐斌忽然低下頭，咬住了呂俊的唇。呂俊因震驚而張開嘴，口腔立刻被徐斌直搗而入，舌頭被迫與之糾纏，徐斌強勢地佔據了絕對的領導地位，奪取了他的自主權，直到兩人密不可分，纏綿悱惻。

黏膩的水聲與急促的喘息充斥在空氣中，在徐斌技巧十足的侵略下，呂俊的身體漸漸無力，只能被徐斌牢牢按在牆上。

良久，徐斌終於鬆開呂俊，語氣平靜地問：「不打嗝了？」

呂俊滿臉通紅，神情恍惚，一副輕飄飄的樣子，隱隱約約中聽見了徐斌的調侃，甚至恍然看見對方唇角勾起笑容。但當他猛地回神時，卻看到徐斌的表情已恢復鎮定，像什麼都沒發生過。

「還沒扯平。」徐斌開口。

「什麼？」呂俊愣愣地問。

「這只是第一次。」徐斌語氣平淡，轉身離開了保健室，留下迷茫的呂俊。

呂俊愣在原地，過了很久才反應過來——

「等等，意思是……還有第二次!?」

呂俊雖然腦袋仍昏昏沉沉，摸不清剛才和副組長究竟是怎麼回事，但沒有忘記林慕還身陷險境，他擔心林慕的安危，決定回教室看一眼。然而，才走沒幾步，就見林慕從走廊另一頭悠然走來，似乎安然無恙。

呂俊急忙跑上前，滿臉焦急：「大哥！你沒事吧？」

林慕挑眉，沒作聲。

呂俊緊張地上下打量，連聲確認：「手指沒少一根吧？腳趾呢？」

林慕無語，回道：「有這麼誇張？」

呂俊神情嚴肅，「你覺得誇張嗎？」

林慕腦中閃過李眞瘋狂的模樣，頓時語塞。

……好像不誇張。

呂俊追問：「你是怎麼逃離頑皮兔大哥的？剛才他看起來一副不會放過你的樣子。」

林慕漫不經心地說：「我們達成了共識。」

「什麼共識？」

「我不會離開他，會待在他身邊。」

「啊？這樣沒問題嗎？」呂俊皺起臉，神情不安，「頑皮兔大哥連好兄弟都不放過，就算是大哥你也很難說……」

「先擔心你自己吧。」林慕彈了下呂俊的額頭，「入學考，準備好了嗎？」

一聽見「入學考」，呂俊渾身一顫，瞬間全身起了雞皮疙瘩，「啊啊啊！滿分絕對不可能啊！雖然我學生時候成績不錯，但滿分太扯了！別說我了，大哥，你怎麼有信心一定會考滿分？我連入學考要考什麼都不知道！」

「你沒看過學生手冊？」林慕從懷中拿出冊子，在掌心上拍了拍。

「看過啊，怎麼了嗎？不就一堆校規？」呂俊滿臉疑惑。

林慕淡定地背誦：「校規第八十九條，入學考於開學典禮後舉行，考題範圍爲第一天課堂內容。」

「咦？有這條嗎？」呂俊驚訝地翻出學生手冊，隨即發現林慕所言不差。

呂俊沒想到林慕會把學生手冊全看過一遍，而且還能記得其中的某一條。他調侃道：

「大哥，你是把整本學生手冊都背下來了嗎？」

「對。」

「……」其實他只是隨便說說。

呂俊想了想，還是覺得不對，「就算考的只有第一天上課的內容，但是……先不提課程有多難，第一天那麼混亂，誰還記得上了什麼啊？」

「我。」

「……」好像不意外。

呂俊嘆了口氣，「不過就算有大哥你教我，要考滿分還是不可能啊！我沒有你那麼天才，能把校規都背下來。」

「我知道。」

「嗯？」呂俊不解地望著林慕。

林慕的目光落向遠處中庭，陽光灑在他臉上，睫毛在光芒中微微閃爍，如塞納河上水波粼粼。

這是讓人百看不厭的容貌，無論看多少次，都會讚歎這無與倫比的美麗。

呂俊看得出神，直到林慕開口：「我會幫你考。」他才驀然回過神。

「什麼？」

林慕不發一語，按住臉，發出悔恨的悲鳴。

「怎、怎麼了？」呂俊搞不清楚狀況，只覺莫名緊張，畢竟林慕極少表現得如此挫敗。

林慕摀著臉，不甘心地從指縫間吐出一句話：「我說，我幫你考。」

「咦——？」呂俊震驚地瞠目，「怎麼可能？你要怎麼幫我考？」

「……只要在考卷上填對方的名字就行了。」林慕垂下頭，說完這句話後，整個人像是洩了氣的皮球。

目前遊戲還沒有分班，所以也不會有班級名單，只要考試當日他們選擇同一間教室，就不會被察覺。

呂俊聞言，頓時喜出望外，興奮地大叫：「對啊！我怎麼沒想到這個方法！大哥，你真是天才！」

他見林慕情緒低落，心想：奇怪，方法不是有了嗎？爲什麼大哥還這麼沮喪？難道是怕自己考不及格連累他？

呂俊大力拍了拍林慕的肩膀，信誓旦旦地說：「大哥放心！我絕對不會讓你出事的，我這輩子還沒考過不及格呢！」

幸好遊戲規則是只要及格就能通關。呂俊正慶幸時，卻見林慕不僅毫無反應，甚至連被自己按著肩膀，也沒有像往常那樣嫌棄地閃開。

「大哥？你怎麼了？」

林慕低聲喃喃：「只要及格就好？你居然說，只要及格就好……」

「嗯？你說什麼？」

林慕猛然抬頭，眼神是從未見過的灼熱，語速極快地一頓連珠炮輸出：「你知道我有多期待這次考試嗎？你懂成爲第一名有多令人興奮嗎？你掛的是我的名字，結果你竟然說——只要及格就好？沒想到，我最大的敵人，竟然是我自己……」林慕說著說著，又陷入沮喪。

呂俊被這一連串話弄得徹底愣住，明明每個字都聽得懂，但怎麼湊在一起他就不懂了？

期待考試？興奮？大哥到底在說什麼？

呂俊滿臉茫然，無法理解爲什麼林慕平常那麼冷淡，唯獨提到「考試」就會突然變了個人，充滿狂熱。

果然，天才都有點古怪。

「發什麼呆？」林慕冷冷瞥了他一眼，隨手抽出一疊厚厚筆記，毫不留情地砸在呂俊頭上，「別偷懶，你的目標還是滿分。把這些抄十遍，抄完才能睡覺！」

「什麼？不是有你幫我考嗎？」

林慕臉色驟然一沉，冰冷的聲音像來自地獄深處，「你掛的是我的名字，你敢考幾分？低於九十分，不用它們動手，我會先殺了你。」

呂俊瞬間感到靈魂彷彿被抽空。他突然摸不清到底是遊戲可怕，還是林慕更可怕了……

這晚，他們找到了一間可以上鎖的網咖包廂，暫時作爲落腳之處。呂俊在林慕的高壓逼迫下，從白天抄筆記抄到凌晨，直到體力耗盡昏睡過去。林慕喊了他半天也毫無反應，這才勉強放過他。

見呂俊熟睡，林慕輕聲起身，悄然離開包廂。

他低頭看著手中的學校地圖，按著標示在密道中穿梭，臉上毫無表情。

依照地圖指引，他最終來到辦公大樓的校長室。校長室內漆黑一片，靜得讓人心悸。林慕掃視一圈，確定室內空無一人後，掀開牆上的油畫，露出隱藏的紅色按鈕。輕輕一按，書櫃緩緩移開，現出後方暗藏的空間。

門後是間隱密的小密室，布置簡單而溫馨。房間裡有張書桌、一張床，床上躺著一個睡著的人。

床頭櫃上特意留下了一盞小燈，像是在等待同居人回來。

昏黃溫暖的燈光讓林慕微微一頓。每次看到李眞這種與瘋癲性格截然不符的溫柔舉動，都讓他感到錯愕，內心隱隱泛起複雜的情緒。

然而，當視線落在李眞安穩的背影上時，林慕依舊恨得牙癢癢。他握緊拳頭，竭力壓下心頭的怒火，又在腦海中的復仇筆記本狠狠記下一筆。

深吸一口氣，他選擇暫時隱忍，掀開棉被躺上床，閉上眼，硬逼著自己進入夢鄉。

——這是他和李眞之間的協議之一。李眞不會徹底限制他，允許他在白天自由行動，但有一條絕對不能違背的規則：每晚，他都必須回到這個房間，和李眞同床共枕。

06 天生一對

夜色沉沉，昏黃的小燈照亮房內，將床上兩人的影子拉得狹長又曖昧。房裡一片寂靜，唯有牆上的時鐘緩慢地滴答作響。

林慕躺在床上，眉頭微蹙，目光空洞地凝視著天花板。他翻來覆去，卻怎樣都睡不著，房間內的沉默帶著某種壓迫感，讓他心煩意亂，彷彿有什麼堵在胸口，無處發洩。

他嘆了口氣，伸手蓋住自己的眼睛，試圖強迫自己進入夢鄉。

就在這時，身旁的李貞忽然動了。林慕還沒來得及反應，對方已翻身壓了過來，結實的身體覆在他身上，微微低下頭，溫熱的氣息拂過林慕鼻尖，聲音低沉而慵懶：「需要我幫你入睡？」

林慕睜開眼睛，絲毫不爲所動，並不意外李貞會中途清醒，平靜地道：「可以，讓我把你打暈。」

李貞輕笑，眼底閃爍著戲謔，彷彿一名逗弄囊中物的獵人，「不應該相反嗎？」

林慕微微挑眉，語氣懶洋洋：「不，這麼做我會睡得更好。」

話音剛落，他抬手便朝李眞的頭砸去，乾脆俐落、毫無猶豫。可惜，李眞早有防備，輕巧一側身便躲了過去，順勢扣住林慕的手腕，將他壓得更深，兩人距離近得只差幾公分，鼻息交錯。

林慕皺眉，明顯不耐煩：「讓開。」

李眞失笑，聽話地鬆開手，轉而輕輕撩開林慕額前凌亂的碎髮，動作極輕，近乎溫柔。指尖掠過皮膚的瞬間，帶來一絲奇異的感覺，林慕眼神微微一閃，這個刹那，他彷彿在李眞眼中看見了從未見過的柔情，深邃而難以捉摸。但僅僅一瞬間，那錯覺便消失無蹤，如同夜晚的霧氣，被寒風吹散。

林慕心想，現在這個人不是頑皮兔，而是眞正的李眞。

林慕不知道自己爲何如此確定，更不知道自己爲什麼沒有馬上推開對方，回過神來，李眞已經挪開身子。

「既然睡不著，那麼，來做點什麼吧。」李眞忽然勾起嘴角，表情帶著些許曖昧。

林慕警惕地瞇起眼，心頭警鈴大作，幾乎本能地翻身下床，迅速拉開與李眞的距離。畢竟，眼前這傢伙不只一次對自己心懷不軌，還差點得逞。

他的目光瞥向書桌上的筆——細長鋒利的筆尖，勉強可以護身，如果這傢伙敢再來一次，自己就拿筆……

然而李眞下一秒卻走向沙發，從一旁的櫃子裡拿出棋盤，淡定地擺在圓桌上，示意林慕過去。

林慕愣了一瞬，話語間略帶質疑：「你要下棋？」

「不然你以爲要做什麼？」李眞的眼神裡帶著一絲玩味，似笑非笑。

林慕的表情有那麼一秒的僵硬，他默默收回視線，難以啓齒，只好輕咳一聲，掩飾自己的不自在。

李眞笑了笑，沒再調侃，只是輕輕敲了敲桌面，「你不是喜歡下棋嗎？正好，我也有點興致。」

林慕盯著他半晌，最後還是移動到圓桌前坐下。他確實很喜歡下棋，但一直缺少能與自己對弈的對手，所以很少眞正感到過癮。

沒想到李眞連他這點嗜好都清楚，他們過去的交情到底有多深？思及此處，他猛然甩開腦中紛亂想法，不願再深究。

圓桌上的棋局逐步展開，林慕凝神專注，仔細推敲著每一步棋的走向，眉頭微蹙，眸色銳利，彷彿整個世界只剩下這盤棋局。即便神情嚴肅且認眞，眼底卻又流露幾分難以察覺的愉悅，顯然樂在其中。

沉迷於棋局的他並未察覺，坐在對面的李貞並沒有急於走棋，而是靜靜地凝視著他，唇角微微上揚，眼底泛起一抹不加掩飾的寵溺笑意。

林慕自信滿滿，認爲自己能與李貞勢均力敵，甚至佔據上風。然而隨著棋局推進，他很快察覺到了異樣——

無論他怎麼變換策略，李貞總是能精準預判並迅速反擊，每一步都恰到好處地吃了他的棋子，毫不留情地收割勝利。

「你作弊？還是你讀取我的大腦？混蛋。」林慕忍不住皺眉，臉上明顯有幾分不甘心。

李貞慵懶地往後一靠，雙手隨意搭在扶手上，姿態從容得像個掌控全局的權勢者，語氣挾帶一絲戲謔地問：「贏你就是作弊？」

「……但你連贏了十五次。」林慕咬牙切齒，他不信。

「你知道爲什麼嗎？」李貞忽然湊近，握住林慕抓著棋子的手，微微一笑，帶著幾分不容抗拒的強勢，將他的手引導至棋盤上，輕輕挪移一顆棋子，聲音低沉而篤定：「因爲你的棋路，本來就是我教的。」

林慕一愣，瞳孔微縮。

熟悉的聲音、觸感與場景，如一道微弱電流竄過腦海，伴隨著突如其來的心悸與絞痛。

他努力搜尋記憶碎片，卻怎麼都無法拼湊完整，只剩一股說不出的煩躁在心底蔓延。

「別一直提我想不起來的東西，那都是過去的事了。」他撇開臉，不願再深究。

他討厭這種大腦不受自己掌控的感覺，更不想被過去的事物糾纏，對他而言，重要的是現在——而現在，他不想與任何人產生過多牽扯，尤其是李眞這個瘋子更不例外。

「但我還在這裡。」

面對林慕一貫的冷漠拒絕，李眞絲毫不見惱意，反而低笑了一聲，修長的指尖轉動著棋子，有幾分無奈，卻縱容道：「慕慕，就算你想不起來，我也會一直在你身邊。」

這次，林慕清楚看到，李眞的眼神裡蘊含著毫不隱藏的深情。

林慕沉默了許久，他發現，這傢伙確實很了解自己的軟肋。

無論自己怎麼拒絕，李眞都不會離開，這一點……竟讓他感到安心。

他不願承認這種情緒，也不想依賴任何人，卻無法壓抑意識深處的想法。

偶爾，夜深人靜之際，他會忍不住思考——爲什麼有的孩子愚蠢又刁蠻任性，父母卻仍對他們百般寵愛？而自己卻連一次表現的機會都沒有，就那樣被毫不留情地拋棄在路邊？

不過，也只是一瞬間想想而已，他絕不會恨自己的出身，也不會糾結於過往，一旦承認自己很悲慘，那就輸了。

他該慶幸自己很早就看透了這個世界，沒有人會毫無目的地陪在自己身邊，就連父母都是如此，更何況其他人？甚至，包括他自己對待他人也是如此。所以，他不會輕易相信李眞的話。

況且他從呂俊那裡聽說過，李眞在外有多受歡迎。不僅如此，他還出身富裕，剛進遊戲時穿戴著普通人難以擁有的名牌鞋錶，當時許多人都看見了。再者，他在新天堂賭場裡的言行舉止也不像是短短兩年間偶爾涉足幾次就能練就的沉穩與熟練，不難推測李眞早已習慣這種環境，才能顯得遊刃有餘。

「像你這種衣食無憂的大少爺，從小受到萬千寵愛，身邊也不缺人，何必執著在我身上？」林慕冷笑，目光銳利，「難道是因爲……只有我會不斷拒絕你？」

但這一次，李眞笑容驟然收斂，眉宇間透出罕見的嚴肅，目光直直落在林慕身上，「別把人想得那麼簡單，不是所有人都只因爲金錢和地位才與其他人往來。」說完，他進一步向前，緊握住林慕的手，指尖微微收緊，目光專注而認眞，「接受我吧，我會讓你知道，並不是所有人都是如此。」

林慕一愣，心頭莫名一震，想要反駁，卻發現自己的喉嚨像是被什麼堵住一般，半個字都說不出口。他將這一切歸咎於李眞此刻過於認眞的表情，這樣的神情，誰都難以違逆。

或許是夜深人靜，或許是這密閉的空間，一盞微光燈照亮暗室，溫暖的光暈映著兩人的輪廓，照進了人心底最隱祕的深處，令掩藏其下的情感被迫攤開在這沉靜的夜裡。

林慕沉默片刻，終於開口：「大少爺，你懂什麼？對你來說，失去沒什麼大不了，但對某些人來說，一旦失去，那就是全部。」

李眞聞言，眼神微微一變，似乎眞的被觸怒了。他伸手抬起林慕的下巴，指尖施加了些許力度，迫使林慕不得不與他對視。

「因爲我擁有的多，所以我失去的就不重要？」李眞語氣低沉，壓抑著情緒，鋒利的視線彷彿要將林慕看穿，「你呢？你又懂我什麼？」

他微微俯身，聲音壓低：「說到底，是你沒自信。」

「你說什麼？」林慕沉下臉色，語帶惱怒。

「你沒自信，會被人如此深愛。」李眞緩緩起身，來到林慕面前，雙手穩穩按住椅子扶手，身影籠罩住林慕，將他困在狹小的空間裡。他俯下身，眼神冷靜而執著，緩緩沉聲道：

「看來，我須要重新再好好教會你，如何被愛。」

林慕瞠目，看著李眞慢慢靠過來，對方臉龐越來越近，溫熱的氣息撩撥他的皮膚，模糊了現實與錯覺的界線。李眞明明在生氣，舉止卻依舊溫柔輕緩，讓他有足夠的時間躲避。

他看進李眞的雙眸，猶豫了一瞬，想要閃避。

李眞微瞇雙眼，忽然開口，語氣不急不徐：「你不想試試看，跟正常的我接吻是什麼感覺嗎？」

林慕一頓。這個瘋子強迫過他無數次，從來沒有一次是在「正常」的情況下。雖然不願承認，但這傢伙確實技巧十足──如果他不發瘋的話，會是什麼感覺？

林慕陷入短暫的思考。對於凡事講求眼見爲憑、充滿實驗精神的他來說，這話無疑勾起了他的好奇與好勝心，如同火星落入乾燥的荒野，點燃了危險的火光。

就在這遲疑的一瞬間，李眞已然俯身，輕輕點上林慕的唇。

那是極爲克制的碰觸，猶如羽毛擦過，輕得讓人心癢。乾燥而柔軟的觸感讓林慕頓了下，接著，李眞逐漸加深磨蹭的力道，並輕輕含住他的下唇，細細啃咬，帶著十足的耐心，循序漸進地吞噬對方的理智。

林慕的呼吸逐漸紊亂。

這並不是激烈的吻，偏偏讓人渾身發燙，彷彿被無形繩索纏住，動彈不得。李眞舌尖輕探，溫柔但不容拒絕，緩慢地、一點一滴地掠奪他的氣息，像征服者踏入未曾開墾的疆域。

林慕早已學會接吻時不閉氣，兩人呼吸交纏，輕微的喘息聲在寂靜的空間裡顯得異常清晰，好似一對相愛已久的戀人沉溺於親密的時光。

李眞扣住林慕的後頸，手指順著肌膚向下滑落，探入衣領內側。

一陣戰慄從後頸竄起，林慕猛然回神，下意識往後拉開距離，試圖掙脫。

李眞側過頭，貼在他耳畔，低語：「別擔心，我不會做太過分的事。」語畢，他再次低下頭，在林慕頸側落下連串輕柔的吻，帶著些許安撫意味。

林慕心想：這還不算過分嗎！

然而李眞的手指並未再深入，只輕輕摩挲著後頸，同時一邊與他接吻，像是某種試探，又像是細膩的引誘。

林慕的身體無法忽視這種微妙的刺激，敏感得幾乎要顫抖。

他本就被親吻弄得有些煩躁，此刻後頸又傳來細微的酥癢，讓他的身體變得更加敏感，最終，他忍無可忍地抬手，狠狠扣住李眞的手腕。

李眞停下動作，輕輕啄吻他的唇，低聲問：「不想要了？」

林慕沒說話，只是甩開李眞的手，忽然探手而入，指尖自對方制服下襬滑進，貼上了李眞的背脊。

「你摸了我，我也要摸你。」

聲音冷靜，眼神卻燃燒似火，裡頭蘊藏著憤怒，還有一抹說不清的情緒。

李眞輕笑，他當然明白林慕的性格——以牙還牙，以眼還眼，向來是他的生存之道。

林慕的手在他背上游移，見李眞毫無反應，便更加肆無忌憚地沿著腰側摩挲，甚至探向腹部，指腹觸及結實的肌理，心中更是不甘與惱火。

——不能再只去圖書館了，還得去健身房。

這個念頭在林慕腦海閃過。

李眞似乎很滿意他的撫摸，獎勵似地親了親他的額前。

看著自己明明反客爲主，李眞卻依舊保有餘裕，絲毫不見慌亂，似乎對這一切習以爲常，這讓林慕心底的火氣越燒越旺，忍不住脫口而出：「到底有多熟練，才能這麼冷靜？」

該死，他怎麼會問出這種問題！林慕悔恨心想。

李眞低笑，拉起林慕的手緩緩往下帶。

林慕身體僵住，下一秒，他再次犯下了人生中罕見的「丟臉」行爲——他臉紅了，連脖子都燒得滾燙。

這不對勁，今天的自己，太不對勁了。

溫熱的氣息再次靠近，李眞的嗓音低沉微啞：「感受到了嗎？慕慕，我愛你。」

「聽好，你値得被喜歡，即使不夠優秀、即使什麼都不做，也會有人愛你。所以，你不須凡事都爭第一。」

——這番話，猶如某個被遺忘的承諾，沉入意識深處，掀起驚濤駭浪，記憶像決堤的洪水，洶湧地席捲而來。

林慕想起了比以往更清晰的記憶：在路邊寒風中受凍、遠望街道上幸福的家庭、熬夜苦讀考入學校、圖書館中那抹顯眼的紅髮身影，窗邊傾瀉的陽光令他的耳釘反射刺眼光芒，那人笑著對他說：「你好，我叫李眞。」

然而，後來的記憶開始變得支離破碎，如快轉的幻燈片閃過。

歡笑聲、耳鬢廝磨、枕邊呢喃、左側的空床、失眠的夜晚、焦急的訊息、無人接通的電話、無人接通的電話、無人接通的電話……

林慕猛地回神，驚覺自己眼眶濕熱，竟然……在哭。

不，這不可能。

無論是與人如此親密，還是爲誰而哭，都是不可能發生的事。

理智上明白這點，可心卻止不住抽痛。那些回憶太過清晰，不再恍如夢境，只是很遙遠、遙遠得彷彿來自嬰兒時期。即便已經無法完整拼湊細節，依舊隱隱作痛，就像一道無法癒合的傷口，一輩子都無法遺忘。

「李眞……」林慕沒發覺自己的聲音在顫抖，「你到底想起了多少？」

我們之間，到底發生過什麼？

林慕感覺糟透了。

是因爲敵人了解自己，而自己卻對他一無所知？還是因爲對方正在逐步找回遺失的記憶，而自己卻怎樣也想不起來？

李眞輕撫林慕的臉頰，微笑：「別急，有時只顧著達成目標，忽略了身邊的美景，反而無法看清事情的全貌。」

林慕怒極，甩開他的手。他恨透了李眞總是不把話說明白，「少轉移話題！你到底知道多少？」

李眞不答，只是以包容而寧靜的眼神望著他，林慕卻讀懂了對方眼神裡的意思。

——無論他說什麼，自己都不會信。

因爲自己向來只相信親眼所見，無論誰說了什麼，都可能是謊言，唯有自己找出眞相，才會眞正信服。

林慕深吸一口氣，漸漸從失控的情緒中冷靜下來，閉了閉眼。再次睜眼時，他已恢復以往沉著的思考能力。

他站起身，直視李眞，同時宣告：「我一定會找出眞正的答案，然後把你踢出腦海。」

李眞低笑：「我會支持你的，不過，恐怕你的宣言只能實現一半。」

他撩起林慕的髮絲，落下輕吻，如同騎士效忠他的國王。

「因爲我有自信，就像我愛你一樣——你，也很愛我。」

清晨五點，朝霧瀰漫，整座校園籠罩在濕冷的霧氣之中，陽光尚未完全驅散夜色，卻已經有人四處走動。

今天的校園異常躁動。

不知是誰最先發現教室黑板上關於入學考的公告，隨後消息便像瘟疫般迅速傳開——公告上清楚寫著：

一、入學考總計五十道選擇題，每題兩分，滿分爲一百分。

二、考前不分班級與座號，考試後依成績正式分班，總計42個班級，區分爲A1至F7班，不得自行更動。

三、此次考試結果僅作爲分班依據，不及格者不會被退學或遭受處罰。

考試規則一公布，眾人便議論紛紛。

雖然暫時沒有生死危機，但誰知道被分配到F班會落得什麼下場？而且都說班級氣氛會影響成績，萬一下次考不及格呢？

諸多猜疑中，眾人更加迫切地想要通關，校園裡充斥著殺氣，所有人都在尋找——那個奴隸，到底在哪裡？

就像餓狼尋覓獵物，人們在校園內穿梭，低聲打探，四處搜索，卻始終一無所獲。直到晨鐘將響，時間逼近八點，所有人才不甘心地回到教室。

按照規則，考前不分班級，因此許多人選擇與熟悉的夥伴共處。但在某間教室裡，氣氛異常壓抑，他們三五成群地竊竊私語，猶豫著是否應該換一間，遠離不安定的風暴中心。

「『他』應該會來吧？」有人悄聲問道，嗓音掩飾不住地顫抖。

「應該會，就算是『他』，也不可能違背規則，遲到就會死。」

「我們要不要換教室？」有人忍不住提議，話音剛落，周圍的人沉默了一瞬，然後有人低低罵道：「白痴，你以為換了教室就沒事嗎？」

他們都記得，那天，他們親眼見到頑皮兔忽然砍下一名玩家的頭顱，即使鮮血四濺、尖叫聲四起，他依舊笑得開懷。

頑皮兔的行動無法預測，情緒更捉摸不定，有人說他把怪物和玩家都當作寵物，任意玩弄，無論是取悅還是毀滅，全憑一時心情，只要他在關卡裡，誰也別想安生。

「不，不能換教室。」

「你說什麼？」

「你們想想，他是國王啊，國王就在我們身邊，這不是好事嗎？」那人眼中閃爍著興奮的光，「只要我們討好他、讓他開心，他或許就會幫我們解決這場危機。只要他願意出手，奴隸根本不可能活過考試。」

此話一出，有人若有所思，也有人點頭贊同，認為這的確是一條可行的生路。

不過，仍有人憂心忡忡。

頑皮兔真的會按照他們的期望行動嗎？

儘管如此，這間教室不知不覺聚集越來越多學生，都是聽說頑皮兔就在這個班級便聞風而來，說明有許多人懷有相同想法——只要頑皮兔殺了奴隸，他們就贏了。

時間一分一秒過去，氣氛無形之中變得更加緊繃，所有人都在等待頑皮兔登場。

當走廊上傳來伴隨著金屬吊飾碰撞的腳步聲，空氣像是凝固了一瞬，眾人心臟彷彿被一股無形之力攫住。

他來了。

——惡夢中的兔頭，現身了。

所有目光頓時聚集向門口。

與大家預想的不同，李眞並沒有像往常那樣顯得瘋狂，而是踏著緩慢且從容的步伐走入教室，甚至稱得上風度翩翩。

標誌性的兔頭頭套掩蓋了他的表情，卻無法掩飾與生俱來的壓迫感，黑色的眼洞深不見底，幽深而危險。陽光透過窗戶落在他純白的制服上，襯得他既駭人又有一絲違和的純潔，袖口微微捲起，露出線條結實的手腕，手指隨意滑過桌面，彷彿在檢視自己的領地。

這與記憶中那個殘暴、狂妄、舉止高調的怪物截然不同，原以爲他的出現肯定會掀起一陣腥風血雨，結果卻異常平靜，這讓所有人都愣住了。

這時，一名玩家深吸一口氣，壯著膽子向前跨出一步，試圖要討好這位難以捉摸的王者。但他剛想開口，目光卻不自覺地落在李眞身後，然後臉色驟變，驚愕得說不出話來。

李眞後方出現了一條身影。

林慕。

他步伐穩定、目光冷淡，雖對眾人的敵意與殺意心知肚明，但與四周投來的無數視線對上時卻沒有絲毫畏懼，彷彿那些窺探、忌憚和仇視的目光，對他而言不值一提。

他穿著標準的制服，衣領扣得一絲不苟，白色校服外套整潔、毫無綴褶，整個人看起來冷冽、克制，又蘊含一縷鋒芒，脫俗於塵世的臉孔更是讓人難以忽視，與頑皮兔並肩也絲毫不落下風。

兩人同時出現，壓倒性的氣場如同天生一對。

這兩個人……怎麼會走在一起？一個是國王，一個是奴隸，而且頑皮兔不是從來都只把玩家當作玩具嗎？是抓到了，還沒有動手？還是——

思緒尚未來得及整理，眼前的一幕再度讓所有人震驚。

李眞走到座位旁，沒有直接坐下，而是彬彬有禮地拉開椅子，然後朝林慕做出了「請入座」的動作。

舉止優雅，帶有幾分紳士風度，猶如在照顧隨行的女伴，而不是一個待宰的獵物。

眾人難以置信。

然而，還是有人不信邪。

他們本來就打算要依附頑皮兔，現在頑皮兔帶著林慕出現，雖然一切超出預期，但計畫不能改變。於是，一名膽子稍大的學生深吸一口氣，走上前去，動作恭敬而小心翼翼，像是害怕踩到地雷的士兵，又像是站在帝王面前的臣子。

「頑……頑皮兔。」他低著頭，聲音挾帶一絲惶恐與試探，「您……聽說了遊戲的規則嗎？」

他沒有直接說出口，但在場眾人都心知肚明，這句話的真正含意是：你會幫我們殺掉那個奴隸嗎？

整個教室的人都屏住呼吸。

李眞注視著這個膽敢開口的玩家，對方不禁後背發涼，手心冷汗直冒。

出乎所有人意料的是，李眞沒有暴怒、沒有駁斥，竟發出一聲輕笑：「嗯？」語氣沒有絲毫不耐，反而像是在鼓勵對方繼續說下去。

「您……您……願意幫助我們嗎？」學生強迫自己打起精神回話，低著頭，指尖微微顫抖，像是在對神明懇求庇佑。

李眞似乎覺得這個場景頗有趣，嘴角微微勾起，然後，他突然轉頭看向了林慕。

「有人希望我殺死你，怎麼辦？」

他直白地道出所有人的心聲。

整個教室瞬間陷入死寂，所有人都被這句話震懾得無法動彈。

他們發現自己害怕的竟然不只是頑皮兔，還包括這個奴隸眼中瞬間閃過的、令人不寒而慄的冰冷。

沒有人敢動，也沒有人敢發出聲音，只有李眞一派輕鬆地看著林慕，語氣淡然得宛如在討論今日的天氣。

「我該做嗎？」

說完，他的手抬起，指尖輕輕搭上林慕的臉頰，順著線條滑過耳際，沿著側頸往下移動，最終停在脖子上，手指微微收緊，掌心的溫度貼合著頸動脈的位置，彷彿只要再稍微用力，便能徹底掐斷這條脆弱的生命線。

「這倒提醒了我……」李眞聲音柔和，眼底卻閃爍著危險的興奮，他微微歪著頭，像是在思考某個美妙的點子，「把你做成標本，永遠帶在身邊，似乎是個好主意。」

教室裡氣氛徹底緊繃起來，那個熟悉的頑皮兔似乎又回來了。

他們興奮，卻又惶恐。

然而沒等眾人來得及反應，林慕先動了。

他猛地伸手扯住了李眞的領帶。

所有人不自覺倒抽一口氣，猛地退後。明明這是他們期望看到的鬥爭，內心深處又感到深深的恐懼，害怕頑皮兔發瘋大開殺戒。

李眞的手還扣在林慕的脖子上，兩人之間的距離因拉扯瞬間縮短，幾乎貼近到彼此氣息交融。

林慕毫不退縮，動作看似惱怒，實際上靈巧而輕柔，他的指尖滑過李眞的領帶，不快不慢，藏著一種近乎無聲的從容與掌控感。

他並沒有勒緊，而是左右手並用——替李眞重新打理好領帶。

李眞愣了一下，指尖的力道頓時減輕幾分。

林慕的手指順著領帶的布料，理順、打結，過程中有意無意地搔刮李眞的頸部，指腹掠過敏感的肌膚，狀似不經意的接觸，隱含令人難以忽視的魅惑，讓氣氛在無聲無息中發生了微妙的轉變。

——你捨得殺了我？

林慕沒有說話，但他的眼神分明傳達出這個訊息。

整理完領帶後，林慕便拉開一點距離，似乎什麼事也沒發生，又挑釁似地瞥了四周的人一眼。

李眞眨了眨眼，接著忽然鬆開扣在林慕脖子上的手，雙眼閃爍著異樣的光芒，如同得到肉骨頭的大狗，語氣充滿亢奮與雀躍。

「我怎麼捨得呢！」

眾人徹底震驚了。

難道，他們的估算完全錯誤？奴隸這是……反過來制伏了頑皮兔！

上課鐘聲響起，所有人像聽見了定時炸彈的倒數計時，迅速衝回座位，絲毫不敢怠慢，就怕觸犯校規，自稱「老師」的ＮＰＣ會立刻將他們處以極刑。然而即便對ＮＰＣ心懷恐懼，眾人依舊心照不宣地選擇了前排座位，因爲比起那台冷血的AI，坐在最後排的那名恐怖分子更讓人不寒而慄。沒有人願意坐在他前座，毫無預警地成爲他的手下亡魂。

林慕看著所有人擠在前五排，他們與其他人之間隔了整整三排空位，狀似不經意地低聲問道：「你現在是正常的，還是瘋子？」

李眞聽見後，眼神頗有興味地掃了過來，嘴角微微上揚，笑得人畜無害，語氣輕快地反問：「你希望是哪個呢？」

林慕垂眸，沒有回應，腦海中卻浮現昨晚李眞澄澈而堅定的眼神，再低頭看向手腕，紅痕仍未完全消退——這是今天早上李眞留下的。

他今天醒來時，見李眞睡得正沉，原以爲能悄然離開，沒想到這傢伙倏地睜開雙眼，像猛獸捕捉獵物般瞬間扣住他的手腕，力道之大，彷彿要將他牢牢鎖在原地。

「慕慕，你想逃去哪裡？」

李眞當時笑眼彎彎，雙眸清明，沒有絲毫倦意，宛如冬眠已久的野獸突然甦醒。

林慕收回思緒，心中早有答案，卻不知爲何仍想再確認一次，這種行爲眞是愚蠢至極。

「你好像很失望啊，這樣我會傷心的，慕慕。」李眞側頭撐著腦袋，嘴上說著傷心，語氣卻滿是愉悅，甚至帶著一絲期待，像是打算以此爲藉口把他生吞活剝，徹底佔爲己有。

果然是瘋子。

林慕不再理會他，攤開筆記本，開始抄寫課堂筆記。即便與李眞交談，他依舊專注於課堂內容，彷彿這場對話對他而言不過是隨口一提。

然而，在抄寫的同時，他腦中仍在思索。如正常的那個李眞所說，他清醒的時間的確不長，狀態時好時壞，難怪他之前會直接附身徐斌而沒有提前串通，因爲他的清醒時間根本不足以讓他事先策劃。

一旁的李眞不知注視了林慕多久，明明課程仍在進行，他卻連一眼都未曾分給講台上的ＮＰＣ，而是突然開口：「想要利用我的話，就再裝得像點吧。」

林慕正在書寫的手微微一頓。

「你表面上說會順著我的意、乖乖待在我身邊，實際上是想利用我的身分，成爲你的保護傘……這就是你之前說的，眞正的意圖嗎？」

李眞依舊笑著，語氣中卻多了一絲隱藏不住的危險氣息。

林慕沒有動搖，甚至沒有正眼看他，依舊冷靜地繼續書寫筆記。

一般人此時早就慌了，畢竟他所「利用」的，可是一個殺人不眨眼的恐怖分子，隨時都有可能翻臉，如今被當面戳穿意圖，怎麼可能不感到一絲畏懼？

然而林慕從始至終神色如常。

見狀，李眞輕笑了一聲，忽然補上一句話，讓氣氛瞬間變得更加緊繃：「你就這麼有把握，我不會對你膩了，然後把你肢解？」

林慕筆下未停，淡淡開口：「你會嗎？如果你這麼做，就永遠不會知道眞正的答案。」

話音剛落，李眞大笑，眼中閃過莫名的興奮，緊盯著他，彷彿惡作劇得逞的孩子，「哈哈！果然，威脅對你沒用呢，眞想掀開你的腦袋看看，你到底在想些什麼呀。」

這句話從他口中說出來，一點也不像單純的形容。

他露出一抹意味深長的笑，接著又自顧自地呢喃：「我知道你的意圖不僅止於此，不然不可能表現得這麼明顯，讓我察覺……放心，在找到答案之前，我不會讓你死的。」

「光說我，你呢？」林慕振筆疾書，輕描淡寫地道：「你也有話沒說。」

「哦？」李眞笑得更愉快了，「我對你可是無比坦誠呢……連想要收藏你美麗眼珠的事都告訴你了，這可是我的眞心話。」

……不是很想知道這種事。

林慕皺了皺眉，果斷地轉移話題，直接挑明：「你說你和一般玩家一樣是正常抽牌進來的，那爲什麼你能控制台上那個AI？」

李眞眨了眨眼，「嗯？」

「少裝了，早就暴露了。我們一直在說話，早就破壞了課堂規則，但老師卻好像沒聽見一樣。第一節課時，光是竊竊私語都會被教訓，現在我們談話這麼久，他會毫無反應？」

李眞掏了掏耳朵，語氣懶散：「離得遠啊，我們說話這麼小聲，別人也沒聽到吧？」

「用耳朵當然聽不到。」林慕不耐地打斷，「但那是NPC，他要用耳朵聽？違規就是違規，別跟我瞎扯。」

李眞微微一笑，攤開手，索性大方承認：「的確，因爲階級問題，他們管不動我。」

「因爲你是『國王』？」

「不只。」

「說清楚。」

「你得先知道一件事。」李眞眼神微微一轉，笑容意有所指，「沒有誠實說出一切的不是我，而是另一個傢伙。」

林慕抄著筆記的手第一次停下，轉頭看向李眞。

李眞眼眸彎得像隻狡猾的貓，帶著一抹戲謔的笑意，循循善誘道：「你來這所學校後，記憶恢復不少吧？那個圖書館不覺得眼熟？」

他的語氣帶著刻意的誘導，宛如捏著線的操偶師，正耐心看著傀儡慢慢拼湊出眞相。

「明明應該要闖關，卻總是在圖書館流連忘返；明明是第一次去，卻對書籍的擺放位置一清二楚，甚至連該把書藏在哪都熟門熟路……」

他故意放慢語速，目光灼灼地盯著林慕，嘴角笑容一點一點加深，「關於那間圖書館，你眞的什麼都沒想起來嗎？」

林慕說不出話，因爲他清楚，李眞說的沒錯。

最近憶起的記憶中，最清晰的一幕，就是他第一次在圖書館遇見李眞。

回憶裡，他的視線一直停留在李眞的表情、髮色、耳釘上，心思完全被佔據，以至於忽略了四周的一切。

所以他從來沒有發現——那個圖書館，似乎並不陌生。

「這座Paradise Island，就是依照你和那傢伙當初讀的學校，一比一打造的。」

李眞語氣輕快，話語卻如一道驚雷在林慕腦中轟然炸開。

爲什麼？遊戲系統爲什麼要這麼做？

從第一關開始，他就知道遊戲關卡是針對玩家設計，意圖讓他們沉浸其中、永遠無法離開遊戲，但沒想到，居然整個第二層關卡都是依據他和李眞的過去重現……這根本說不通。

其他玩家呢？難道所有玩家都只是因爲他們而被關在這裡嗎？

林慕一直以爲，李眞之所以能與系統有聯繫，是因爲系統需要他強悍的力量維持秩序。

但現在看來，這一切的背後絕不只這麼簡單，一定還有更重要的理由。

「那傢伙啊，隱瞞了一個最大的祕密，沒告訴你呢。」

李眞輕笑，咬著筆桿，咧嘴露出了虎牙，眼神亮得像是發現了某個新奇的玩具。

「不過，我不會告訴你。」他歪了歪頭，笑得天眞無邪，「等你發現眞相，會露出什麼表情呢？」

他湊近一些，語氣帶著藏不住的興致，聲音輕得猶如在耳邊低語——

「眞期待呀。」

07 虛假情侶

第一堂課結束，整個校園炸開了鍋，話題全圍繞著「聽說奴隸勾搭上國王了！」的驚世傳聞。

無論是在教室、走廊、樓梯轉角……諸如此類的談論聲無處不在——「真的假的？奴隸竟然能制住那個頑皮兔？」、「騙人的吧！怎麼可能！」、「聽說奴隸叫林慕？」

這些閒言閒語最終傳入某間教室，幾名學生當著眾人的面，毫不掩飾地竊笑：「哦，那個林慕啊，我在第一層見過他一次，跟女人一樣、不，長得比女人還漂亮又性感，頑皮兔會迷上他也不意外啦！」

「所以他是靠色誘囉？」

「那不就跟娼妓沒兩樣嗎？哈哈哈！」

話音才落，隔著幾排座位處，驟然炸出一聲巨響。

「你們都閉嘴！」呂俊猛地拍桌而起，差點把桌子掀翻，氣得臉頰漲紅，「你們懂大哥什麼？他才不是那種人！」

嘲笑聲戛然而止，眾人互望，沒料到會被喝斥。呂俊不再多做解釋，憤憤地甩門衝出教室，將所有流言蜚語拋諸腦後。

他一路奔跑，原本沒有多想，但現在聽到那些汙衊，他越想越擔心。今天早上起床沒看見林慕，他以爲林慕只是先去了教室，畢竟他向來獨來獨往，拋下自己離開也很正常。

但一夕之間突然所有人都在傳「林慕爲求活命，勾搭上頑皮兔」，他清楚林慕平時的作風：睿智果斷、自尊心極高，絕不會委屈求全。尤其對方還是脾氣難以捉摸、下手狠辣的頑皮兔，大哥怎麼可能依附於他？

想到之前在教室裡見過李真施暴的畫面，呂俊的心就亂成一團。難道是李眞用威脅手段迫使大哥就範？那天他們後來單獨在教室，到底發生了什麼事？

「小服務生，你要去哪？」正當呂俊繞過樓梯轉角要猛衝向前時，背後忽然傳來一道略帶調侃的嗓音。他扭頭一看，只見胡三站在那裡，閒散地倚著欄杆，徐斌則在他身後，眼神平靜卻凌厲，且帶著幾分提防，彷彿怕呂俊又闖下什麼禍。

「我要去找大哥！」呂俊滿腦子擔憂，下課時間有限，他無心多想，說完便拔腿狂奔。

胡三見狀，和徐斌對視一眼，快速跟上他。

幾個轉角後，他們來到傳言中李眞和林慕所在的D4班。

教室門半敞，呂俊在門外深吸口氣，透過窗口張望，看到室內景象的那一刻，內心為之撼動——

只見林慕坐在教室最後方的座位上，筆記本攤開在面前，正專注地抄寫著什麼。李眞則側坐在桌子邊緣，似笑非笑地伸手把玩著林慕的頭髮，動作之親密，彷彿是對普通情侶。

林慕不為所動，似乎變相放任了李眞大膽的舉動。

教室裡的同學們大多不知該如何反應，只敢小聲嘀咕。

但，他們不會坐以待斃。

有一群人早已成群結黨，一面小心翼翼觀察，一面悄悄朝林慕方向挪去，企圖打探消息。然而才踏出幾步，李眞狀似無意地長腿一伸，精準地擋在他們面前，警告意味濃厚。

最前頭的人臉色一白，縮回腳步，支支吾吾地開口：「領……不，國王，這是遊戲規則，您不能不遵守啊！這、這樣關卡怎麼繼續？您不想破關了嗎？」

李眞連頭都沒抬，只是緩緩翻動不知從哪裡拿出的撲克牌，語氣懶洋洋：「規則也說不許殺人——你覺得我聽了嗎？」

那人順著李眞的動作，顫抖地看了一眼他手中的紅心K，彷彿再多說半句就會引來禍端。對方僵在原地，無奈地退開，周圍看熱鬧的人都噤聲了。

林慕仍舊低著頭抄寫，宛若周遭一切都與他無關，但當李眞翻動撲克牌時，他還是忍不住抬眼望去，緊緊盯著那張紅心K。

「想要嗎？」李眞呵一聲，忽然一翻手腕，把牌收進袖口，如同變魔術般讓那張紅心K瞬間消失無蹤，「不給你。你一拿到手就會撕碎吧？」

林慕聽了，眉頭一挑，不置可否，挑釁意圖明顯。

其他人面面相覷，誰都搞不清這兩人究竟在玩什麼把戲。要說感情好吧，他們的對話處處帶刺；要說勢同水火吧，李眞不允許任何人靠近林慕，又像是在「保護」他。

「打情罵俏而已。」李眞擺了擺手，朝那群同學做了個「可以走了」的手勢，還不忘得意補上一句：「我家的比較喜歡刺激。」

林慕皺眉，終於忍不住出聲：「誰喜歡刺激？」

「不否認你是我家的？」李眞笑得燦爛，望著林慕的目光好像在宣示主權。

「……」

林慕沒再回應，低頭繼續整理自己的筆記。兩人之間看似有火藥味，卻又有種難以形容的契合，讓旁人插不上嘴。原本想趁機挑撥的眾人不敢硬碰硬，只能悻悻然離開。可他們的眼神明顯帶著不甘，一副只要李眞不在，便會開始搞事的模樣。

窗外的呂俊看得目瞪口呆。

自從他上次在教室裡親眼目睹頑皮兔攻擊徐斌後，便把頑皮兔歸類爲「傳言屬實的危險人物」。更何況胡三說過，林慕和李眞早已決裂，如今卻見兩人坐在一起，甚至看起來很……親暱？這到底是怎麼回事？

呂俊想衝進教室討個明白，卻冷不防被人一把抓住。

「別多管閒事。」徐斌眉頭深鎖，聲音低沉，帶著不容抗拒的威懾。那有力的手掌宛如鐵鉗，死死箍住呂俊的手臂。

「我……」呂俊想擺脫，卻被徐斌銳利的目光鎖住。他吞了口口水，本能地停住動作。

胡三在一旁似笑非笑地加了句：「是啊，小服務生，你就別自尋死路了，那是他們的『家務事』。」

「可是……那個頑皮兔喜怒無常，我怎麼能眼睜睜看大哥送死！」呂俊回過神來，開口辯駁，不過一想到李眞的狠勁，他心底就泛起寒意，聲音不自覺弱了下去。

徐斌聽完，神色依舊冷峻：「開學典禮那天，你闖禍的教訓還不夠深？」

一句話讓呂俊想起那日的血流成河與驚恐慘叫——系統無差別地射殺鬧事者，而自己忍不住出頭，要不是大哥護住他，他恐怕已經……呂俊下意識打了個冷顫，臉色瞬間蒼白。

胡三見呂俊變了臉色，不再調侃，反倒伸手拍拍呂俊的肩：「老徐說的沒錯，如果老大眞想對誰出手，你攔都攔不住。再說，姓林的那小子還眞是比誰都了解老大，他越逃跑，老大就越有可能發瘋。所以你越摻和，局勢就越難收拾。」

呂俊被這番話堵得說不出反駁。他忿忿地握緊拳頭，也清楚自己幫不上忙。相較之下，胡三和徐斌對李眞了解更深，他們都沒有顯露出太多的緊張，也許事情沒他想得那麼危急。

「可是我……大哥救了我的命，難道我只能眼睜睜看他……」呂俊沮喪地低下頭，肩膀跟著微微垂落，語氣裡滿是不甘心與無力。

突然，一隻大手覆上他的腦袋，像是在安撫小動物般，揉了揉他的頭髮。那力道十分溫柔，讓呂俊不禁抬頭，原以爲是愛開玩笑的胡三，沒想到竟是始終沒給自己好臉色的徐斌。

呂俊一愣，忽然想起上次在保健室，徐斌用這隻手將自己按在牆上，表面冷淡，卻在他面前展現出截然不同的「火熱」……想起那一幕，他的臉唰地一下紅了，心臟一陣加速狂跳，慌亂之下往後退了半步。

胡三見狀，挑眉打趣：「老徐，看你把小服務生嚇得臉色一陣白一陣紅的。」

「別逗他。」徐斌淡淡道。他收回手，但並未退遠，好像隨時準備阻止呂俊再亂來。

「哈哈哈！」

呂俊伸手摸了摸自己的臉，果然感到一片熱燙，只好悶不吭聲地把視線轉向教室裡。此刻，林慕和李眞並肩而坐，氣氛意外和諧。

呂俊不知道這是和平的信號，還是暴風雨前的寧靜。

「大哥……你應該已經有想法了吧？」他默默在心裡嘆息，唯一能做的或許只有等待。

接下來幾天，有關頑皮兔和奴隸的傳聞依舊延燒不休，兩人卻仍然我行我素，一個冷淡疏離，一個恣意邪氣，表面上水火不容，互動間又透著奇妙的默契，彷彿天生如此契合。

這或許是林慕和瘋子李眞認識以來最「和平」的日子。李眞甚至會關心林慕早餐想吃什麼，然後理直氣壯地到福利社搶來給他，順帶送給福利社阿姨一個禮貌而令人毛骨悚然的微笑。

林慕想起以往自己和這個瘋子幾乎無法正常對話，兩人要不是針鋒相對，就是李眞會忽然裝瘋賣傻地岔開話題，如今竟有了除卻彼此試探的正常對話，李眞會主動找他聊天，而林慕通常會簡單地回應幾句。

每當他們一同經過走廊時，總能收獲無數探究的目光。

從來不敢直視頑皮兔的玩家們，因林慕的出現，開始壯起膽子觀察頑皮兔的一舉一動。

所有人都在暗暗揣測——這個人居然能和頑皮兔正常相處？頑皮究竟何時會拋棄他？

林慕察覺到這些窺探的視線，卻從未刻意避開，還會朝那些試圖挑釁的人微微一笑，笑容疏離中帶著淡淡的嘲諷，氣得他們直咬牙。

不過這樣的情況只持續到開學典禮後的第三天為止。因為在第三天上午的課堂上，老師忽然面無表情地宣布：「明天將舉行入學考。」

教室裡頓時炸開鍋，每個人都陷入緊張狀態，無人再有閒暇關注那些八卦。玩家們或拚命背書、或到處借筆記，有些還聯手謀劃闖入職員室，想找出關於考題的蛛絲馬跡，導致整天廣播警告聲不斷，慘叫聲與警報響徹整個校園。

騷動的氣氛裡，李眞無所事事地轉著筆，忽然轉頭看向林慕，「慕慕，你今年生日想怎麼慶生？」

聽到這句話，林慕停下翻書的動作，抬眼睨了李眞一眼，有些無語，「現在是討論慶生的時候嗎？」

李眞摸了摸下巴，認眞想了想，隨即點點頭說：「也對，你不一定能活到那天。」

林慕沉默地盯了李眞兩秒，又轉頭不再理會。說實話，他有些意外李眞會知道自己的生日，但他並不想深究。那個日子他一點也不在乎，說是厭惡也不為過。

據老魏所說，當年在路邊撿到他的時候，他身上留著一張寫有名字和出生日期的紙條。林慕只覺得可笑，拋棄他的人留下這些資訊，不知究竟是何居心。

如果不是李眞突然提起，他幾乎快忘了自己的生日。林慕不禁心想：話說回來，這傢伙的生日是什麼時候？他也有父母吧？到底是什麼樣的人能生出他這種人？

他低喃了一聲：「你……」

「嗯？」李眞聽覺敏銳，立刻捕捉到他的低語，神情似笑非笑，若有所思地盯著他。

林慕閉上了嘴，沒有繼續說下去。他其實有一肚子疑問想問李眞，但他知道這傢伙肯定會顧左右而言他，說不定還會調侃自己到底有多關心他。

李眞見狀，忽然神情溫柔起來，連嗓音都柔和不少：「別急，有時候一味追求答案和結果，反而會忽略身邊的風景。」

聞言，林慕呼吸一凜，不禁轉過頭去看他。對上的卻是李眞笑嘻嘻、一副玩世不恭的模樣，讓林慕失望之餘，心中更加混亂。他忽然發現，自己越來越無法分辨眼前這個人到底是曾經熟悉的那個李眞，還是後來發瘋後的頑皮兔，兩者似乎已經成爲一體，界線模糊得令人不安。

深夜，考試前的最後衝刺時刻，呂俊趴在桌上已經睡著，嘴裡還無意識喃喃唸著公式。

林慕正準備將筆記複習完畢時，門口忽然傳來兩下短促的敲擊，接著房門立刻被推開。

林慕下意識握緊手中尖銳的鉛筆，警惕地抬頭望去，看清來人是徐斌後，他稍稍放鬆，但神情依舊不悅：「敲完門就直接進來，懂禮貌嗎？」

徐斌平靜地關上門，「敲門只是告知你，不是詢問。」

林慕無言地皺眉，毫不掩飾自己的嫌惡，握著鉛筆的手始終沒放下。

徐斌沒有理會他的神色，逕自開門見山地問：「明天的考試，你有把握？」

林慕嗤笑一聲：「怎麼，擔心我失手了，害死呂俊？」

徐斌微微垂眼看了一眼睡著的呂俊，沒回話，只默默脫下外套，輕輕地蓋在他身上，然後回頭斜了林慕一眼，那表情分明是在責怪「你怎麼不照顧一下」。

林慕看懂了他的眼神，心想：你是來監督孩子上課的老父親嗎？

林慕笑意不減，他對討厭的人總是笑臉迎人，「這麼早蓋做什麼？明天再蓋也不遲。」

徐斌沉默地瞥他一眼，心想：老三說的沒錯，這小子果然一點都不討喜。

「既然你這麼擔心，爲什麼不直接去找那傢伙？」林慕低頭漫不經心地轉著鉛筆，然後抬起眼看向徐斌，語氣篤定：「那傢伙肯定早就知道考題了吧。系統不可能讓他死，也不可能輕易放他離開，頂多讓他假裝考個99分，演演戲罷了。」

徐斌表情沒有絲毫變化，但這種冷靜已經足夠說明一切。

「雖然他現在無法溝通，但他狀態正常的時候，不可能沒交代你什麼。」林慕打量著徐斌的神色，試圖讀出一點線索，可對方依舊冷靜如昔，絲毫不露破綻。

「你不坦白說實話，我又憑什麼回答你的問題？」林慕索性蹺起腿，微微仰頭，態度傲然。即使面對徐斌這種習慣掌控局面的男人，他也絲毫沒有退讓之意，反而步步進逼，試圖撬開對方緊守的口風。

徐斌安靜了一陣才緩緩開口：「我來，是因爲老大曾經交代，每次大考前一定要有人在你身邊守夜。」

這個答案讓林慕頓了頓，他沒料到會是這種理由——確實，越是接近考試，就越可能有人沉不住氣想對他下手，畢竟只要威脅他交出牌，就能輕鬆避開考試。

林慕眼底閃過一抹複雜，嘴上仍譏諷道：「少騙人了，李眞叫你幹什麼就幹？難道我的命比呂俊還重要？」

「不。」徐斌毫不猶豫地回答。

「……」你還滿誠實。

徐斌雖然這麼說，卻仍站在原地，背脊挺直得如一名盡忠職守的衛兵，無論發生什麼事都不會擅離崗位，似乎李眞的命令對他而言就是絕對的準則。林慕眉頭一皺，不解又有些煩躁地問：「你們是怎麼回事？爲什麼到了這個地步還對那個瘋子言聽計從？」

「老大是所有人的希望。」徐斌語氣平淡卻堅定。

林慕從不相信什麼不變的情誼，在他看來，那些盲目相信別人的人十分愚蠢。人都是會變的，如今李眞已徹底瘋了，手上更沾染無數人的鮮血，這樣的人還有什麼值得相信的？他不屑地嗤笑，「希望？我看是絕望還差不多。」

「他就是希望。」徐斌難得地再次強調，嗓音壓得極低卻字字清晰，目光如鐵般堅決，「就算他變了，過去他帶給我們的希望也不會消失。」

林慕一時沉默。他難以理解，但又無法忍受自己有任何完全不了解的事。他壓下內心的躁動，靜靜地等著對方繼續說下去。

徐斌低聲道：「當年一一一〇事件……」

林慕心神微動，那個事件的內幕他一直想知道，而徐斌身爲李眞的第一心腹，必然掌握不少細節。

徐斌忽然話鋒一轉，目光鎖住林慕，嗓音很淡，卻帶著一股強勢而不容抗拒的壓迫感：「你不坦白說實話，我憑什麼回答你？」

「……」這個討人厭的傢伙，看似寡言，實際上一點都不好惹。

林慕不喜歡被威脅，但倒不討厭徐斌這種有來有往的「利益交換」，甚至還覺得對方言之有理，畢竟無條件的善意只會讓他更加猜疑。因此他哼了一聲，爽快地從抽屜裡拿出一本筆記扔到徐斌面前，「自己看吧。」

徐斌冷靜地翻開筆記，目光微微一凝，裡面密密麻麻寫滿了文字，他仔細看了幾眼才發現——這厚厚一本竟全是第一節課的內容，包括老師講述的每一句話，都以最簡潔的方式記錄了下來。

林慕眉頭一挑，姿態高傲而從容，唇邊帶著自信的笑意，「我一句話都沒漏，要怎麼不考滿分？」

徐斌眼底閃過一抹訝異，他沒料到林慕竟然早早做好萬全準備，要知道第一節課當時系統連入學考都還沒宣布。他內心不禁無奈：老大……你真的確定這個人需要我們來保護？

林慕沉下臉色，再次問道：「所以，當年你們到底怎麼了？那傢伙爲什麼會變成現在這樣？」

徐斌沒有立刻回答，他面無表情地走到桌邊，修長的手指摩挲著邊緣，彷彿在思索該如何說明。

片刻後，他平靜地開口：「你聽說過，老大和系統有聯繫？」

林慕眉梢微動，拾起桌上的魔術方塊，在手中漫不經心地翻轉著，「他提過，因爲他摧毀了整層幾百棟大樓，系統奈何不了他，所以才和他做交易。」

徐斌斜了林慕一眼，「你相信他自己一個人能摧毀幾百棟大樓？」

「如果是那傢伙的話，不是沒可能。」

「嗯，所以系統也信了。」徐斌語氣帶著淡淡的諷刺。

林慕手中動作微微一頓，聽出徐斌話中有話，皺了下眉，語氣不耐：「有話直說，別拐彎抹角。」

徐斌抬眸，目光深沉，「老大帶著我們，花了整整幾年時間策劃如何摧毀遊戲，逼出幕後的主謀。殺怪、破壞場景、各種破關方式……能想到的我們都試過了。最後才發現，原來什麼都不做才是對的。」

他停頓了片刻，目光陰鬱，「只要靜坐幾天，什麼都不做，只回想從前，記憶自然會慢慢恢復。那些危機四伏的關卡，不過是系統用來分散我們注意力的障眼法罷了。」

林慕翻轉著魔術方塊，並無太大反應。

徐斌對他的反饋有些意外，「你不驚訝？」

林慕淡淡回應：「驚訝啊，驚訝這麼小的事你們居然花幾年才發現？打從第一天這遊戲自稱『天堂』、說要救贖玩家，卻又用危險的關卡威脅生命，我就覺得有問題了，分明是在刻意轉移玩家的注意力。」

徐斌聞言不禁沉默，心中想著，一般人剛經歷過被殺害，又被迫進入這個詭異的遊戲，怎麼可能一進來就想到這麼多？

「所以，你說的這些和交易有什麼……」林慕說到一半，突然停住，整個人僵了幾秒，似乎意識到什麼，神情逐漸凝重起來。

徐斌見他明白過來，語氣依然冷峻：「沒錯，我們的計畫幾次被系統發現，系統每次警告時，老大總是承擔下所有罪名，說是他控制其他玩家。」

「直到十一月十號那天，我們開始集體靜坐、回想過去，而就在那時候，有些人不只是恢復了記憶，甚至——短暫地離開遊戲，醒過來了。」

聽到這裡，林慕驟然從椅子上站起，神情罕見地變了樣，「離開遊戲醒過來？什麼意思？」

徐斌的眼神沉靜而冰冷，「他們的描述不夠完整，只說當他們回想起全部記憶後，曾短暫地甦醒，看見白色的天花板，聽見儀器運作的聲音，旁邊似乎還有其他人。但這過程短暫，不過幾秒就又回到遊戲裡，所以他們以為只是夢中夢。」

白色的天花板？儀器的聲音？旁邊有其他人？

林慕心思急轉，這些描述……像是在醫院。難道，他們出了意外，所以大腦產生幻覺？

不，這個假設無法解釋關卡的存在與目的。

徐斌繼續道，嗓音變得更加低沉：「這件事徹底觸怒了系統，系統釋放大量怪物懲罰我們，那些怪物擅長折磨獵物，不會輕易讓獵物死去，把我們逼得求生不得、求死不能。」

徐斌眼底閃過一抹晦暗，他合眼掩去情緒，語氣平淡卻透著一絲沉痛：「當時許多人承受不住直接暈了過去，我咬牙硬撐，但身體突然不受控制。」

回想起那日，無論自己如何掙扎都無法擺脫束縛。緊接著，他看見周圍的同伴一個個如同失魂般，茫然向著中心點靠攏，而站在那裡的，正是李眞。

向來殺伐果斷、從不低頭的李眞跪下了。

「他抬頭對系統說，是他操控了所有人，如果要懲罰，就罰他一個。」徐斌凝視著林慕，「最後，系統只帶走他。等他再回來時，已遍體鱗傷，神智近乎崩潰，被系統折磨到瘋了。」

林慕聽著，無意識用力握緊手中的魔術方塊，直到掌心傳來陣陣刺痛，才發覺自己竟然被刺傷了。

「所以，即便他瘋了，我們也絕不會背棄他。我們現在的自由，是他用尊嚴和命換來的。」

凝窒的氣氛籠罩整個房間，靜得像能把人壓垮一般。

忽然間，趴在桌上的呂俊動了一下，迷迷糊糊地睜開眼，毫無防備地指著林慕抱怨：

「又在玩魔術方塊！上課也玩、讀書也玩，你到底是在玩遊戲還是在念書啊？」

林慕面無表情地瞥他一眼，心想：這傢伙膽子越來越大了？

呂俊揉著眼睛，迷迷糊糊地轉頭，又注意到徐斌。他眯起眼睛瞧了半天，撇嘴嘀咕道：

「怎麼又是你？幹嘛又跑來我的夢裡？我都說過那次只是個誤會，你還一直糾纏我……」

徐斌沒有說話，沉默地盯著他，神色有些微妙。

「唉，我知道，上次那個啥沒成功，你覺得很可惜吧？好啦，既然你都跑來夢裡這麼多次了，那我就……」呂俊嘟囔著，抬起手，摸索著解開自己襯衫第一顆釦子。

下一秒，他忽然頭一歪，砰的一聲重重地磕在桌面上，再次昏睡過去。

林慕無語。

這傢伙睡迷糊後，膽子還眞大了不少啊。

徐斌皺起眉頭，揉了揉額角，看似無奈，眸底卻陰霾盡散，竟像是在笑。

「林慕，你以爲我只是因爲愛上他，才保護他嗎？」

面對徐斌突如其來的提問，林慕不解地蹙眉。

「他本來就是我的責任，是我沒注意才讓他誤闖這場遊戲，我必須帶他出去。」

徐斌這句話猶如重磅炸彈，讓林慕的腦袋飛速運轉起來，但令他震驚的並非徐斌和呂俊早已相識，這種事他壓根不在乎，他眞正關心的是另一件事——

林慕緊盯著徐斌，「你完全恢復記憶了？」

徐斌微微頷首，淡然地道：「我受過特殊訓練，不容易被催眠，失憶的情況本就不嚴重，在那場戰役後就全部恢復了。」

林慕下意識轉動手中的魔術方塊，很快將所有細節串聯起來。他驀然抬起眼眸，「你也是警察？呂俊是你帶進來的？他是你的下屬？」

徐斌沉默片刻，才道：「正確來說，他還不是警察。」

林慕微微怔住，略帶質疑地看著徐斌。

徐斌嘆息一聲，「他是實習生。」

林慕瞬間反應過來，無言地輕哼一聲，暗道難怪呂俊這麼沒用，他原本就覺得奇怪，警方怎麼會派這種毛頭小子當臥底，現在眞相大白，眞正的臥底應該是徐斌。

這件事，李眞肯定知情。徐斌進入遊戲後結識了李眞，還有曾是特種兵的胡三，因此三人才會結盟。

李眞這傢伙還有多少事瞞著自己？

徐斌繼續道：「系統無法揑造記憶，只能刪除片段記憶，讓人產生混亂。」

言下之意是，呂俊或許只是記得自己穿著警服進入遊戲的片段，便誤以爲自己是正式警察。

徐斌側頭望向熟睡的呂俊，不自覺伸手揉了揉他的頭髮，語氣難得流露一絲溫和，「但強行令記憶恢復只會讓大腦更混亂，甚至產生不可逆的後遺症，所以別告訴他。」

林慕聽著，卻一點也不關心這兩人的事，忽然問：「這就是那傢伙所說的，李眞有重要的事瞞著我？」

徐斌挑眉，「那傢伙？」

林慕稍作思索，然後道：「李眞二號。」

徐斌沉默片刻，反問：「你就這麼不能接受他們是同一個人？」

林慕冷哼一聲，「一個正常人，一個殺人犯，能比？虧你還是警察。」

徐斌無語，不能理解林慕的心態。他不知道，若不這麼做，林慕就會否定李眞整個人，因爲林慕並不像徐斌他們一樣和李眞有著革命情感——或者說在他目前的記憶裡沒有。在他眼裡，李眞一直是個瘋子。

林慕很難信任他人，但他透過其他方式，讓自己選擇了相信李眞有好的一面，這已經是天大的例外，而這些徐斌一概不知。

徐斌說：「我不知道老大到底瞞了你什麼，他的想法，就連我們也未必全部知道。」

林慕皺眉，目光帶著質疑，「你們什麼都不知道，卻還心甘情願替他做事？」

徐斌瞥了林慕一眼，沒說話。

林慕不悅地想：這什麼同情的眼神？

好一會，徐斌才開金口：「你不可能永遠掌握一切，沒有信任，說再多都是多餘。」

林慕面無表情地聽完，看起來不像聽了進去，只是忽然嗤了一聲，笑咪咪地反問道：「雖然說再多也是多餘，但你說了什麼嗎？究竟臥底、警方查到了多少，還有你是怎麼讓呂俊誤闖的……徐警官，這麼不專業，實在讓人難以信任啊。」

徐斌眉心微皺，腦中閃過新天堂賭場事件後，胡三曾對李眞抱怨：「老大！你怎麼會對這種薄情寡義的小子這麼死心塌地啊？我跟他說兩句話就想掐死他！」

當時李眞只是輕笑，溫聲道：「那是因爲你們沒見過他的另一面。」

此刻徐斌凝視眼前這個難以相處的林慕，心中不得不承認，胡三的感受他完全能理解。

徐斌重重嘆了口氣，雙臂抱胸，眼神冰冷，只吐出簡短的四個字：「無可奉告。」他不像老大，沒必要縱容林慕，更何況他不能、也沒有義務向外人透露案件的細節。

空氣瞬間凝固，但林慕並未惱怒，只輕輕呵了一聲，竟像是聽到了滿意的回答。

他斂起笑意，指尖滑過桌上的筆記本，沉穩而篤定地開口：「那就談合作吧，既然你能和那傢伙結盟，也能和我合作。」

「憑什麼？」徐斌挑起眉，微微側頭，居高臨下審視著林慕。他不理解林慕哪來的自信，對方確實有些本事，但現在林慕被系統針對，無論資歷和地位都明顯處於劣勢，談什麼「合作」？

林慕沒多解釋，直接解開褲頭，動作果決，沒有半分遲疑。

徐斌反應極快地別過臉去，沉聲喝斥：「你做什麼！」

林慕一腳踩上椅子，指著大腿內側的位置，平靜地說：「看清楚。」

徐斌眉頭緊皺，勉強回頭掃視一眼，只見林慕僅僅褪去了外褲，大腿內側露出一枚極不顯眼的小刺青——

一一一〇。

徐斌目光微滯，臉上浮現一絲詫異，隨即又恢復一貫冷峻的表情，不耐煩地道：「我知道了，快穿上。」

見到徐斌厭惡的反應，林慕頗感有趣，畢竟他從未懷疑自己的美貌。他一邊扣上褲子，一邊語帶調侃地拍了拍徐斌的肩膀，「你的審美果然獨特，單就這點，我挺喜歡你的。」

徐斌僵了片刻，語氣更顯不悅：「……別在老大面前說這種話。」

林慕見徐斌罕見地流露出些許懼色，忍不住笑了出來，神情也輕鬆不少。

待林慕重新穿好褲子，兩人終於能回到正常的交談。

徐斌恢復冷靜，問：「你爲什麼會有這個刺青？」

林慕眼神沉下，聲音也不自覺降低：「我不記得了，直到聽說一一一〇事件，再聯想到我和那傢伙的牽扯，才猜測這應該是某個重要的日期。雖然具體意義不明，但一定與我們有關。」

徐斌眼底微微一暗，「老大說過，十一月十號對他而言非常重要，所以他選在那一天發起叛亂，決心要離開遊戲……那天不是你的生日嗎？」

「不是。」林慕輕輕搖頭，眉心蹙起。

兩人視線交錯，徐斌略作停頓後，試探道：「難道你們結……」

「閉嘴，別說出那個詞。」林慕打斷徐斌的話，痛苦地摀住臉。

他早已這麼假設過。

好不容易才勉強接受自己和那傢伙有點瓜葛，如果再發現兩人可能已經結婚，他恐怕會發瘋。

林慕冷靜片刻，又緩緩說道：「在我恢復的記憶裡，這座學校在現實中確實存在，而且……就是我和李眞當初相識的地方。系統刻意重現相同場景，雖動機未明，但足以證明我和李眞與系統的牽連比想像更深。所以，你能和那個瘋子合作，爲什麼不能和我合作？」

徐斌沉默幾秒，若有所思，同爲聰明人的他自然很快明白林慕話中的含意，迅速衡量了利弊。

如今李眞的狀態並不穩定，林慕雖然剛進入遊戲，記憶尚未完全恢復，但顯然他和系統的牽扯也極深，多一個合作對象確實更有保障。

徐斌思慮再三，終於鬆口：「這一切的起因，是一起看似普通的詐騙案。」

他開始緩緩道出調查經過。

「過去幾年，我們陸續接獲多起報案，有家屬發現自己已故親人的帳戶被盜用。起初以爲只是普通的詐騙案，但詐騙者入侵帳戶後卻並未迅速轉移資金，而是反覆試圖更換密碼，持續控制同一個帳戶，這不尋常。後來我們發現，受害人都是些身分特殊的政客、商人等，帳戶安全等級極高，然而犯罪者卻能輕易登入，像是帳戶主人親自授權。」

徐斌語氣沉重而平穩：「後來，我們發現受害人都曾在同一家醫院接受過治療。深入調查，意外查到該醫院的檔案庫中存在一些異常的病歷記錄。」

「什麼記錄？」林慕立即追問。

徐斌沉聲道：「有不少人因意外入院開刀治療，但開完刀卻再無任何住院或回診記錄。」

「去查那些人了嗎？」

徐斌搖頭，「沒辦法查。」

「爲什麼？」

「病歷上沒有任何能辨識身分的資料，包括名字。醫院聲稱這是公益行爲，病患都是沒有登記身分的流民。」

林慕心跳驟然加速，臉色也變得難看，他迅速聯想到自己的遭遇——他好不容易擺脫流浪漢身分考上了學校，卻在校門口遇到意外，醒來已經在這個鬼遊戲裡……可是，他明明和李眞一起上過學，記憶是哪裡被剪接了？

上學……學校……等等，校門口！

林慕拚命思索，雖然從前的記憶依舊模糊，不過他忽然想起有件事不對勁。

如果天堂島是根據他們曾經就讀的學校一比一重現，那爲什麼，現在這個關卡的校門外觀，跟自己發生意外的地點，根本不一樣？

突然間，刺耳的警鈴聲劃破深夜的寂靜。

火警？林慕抬起頭，最初以爲只是虛驚一場，但很快走廊上傳來人群慌亂的喊叫：「失火了！失火了！頂樓冒煙了！」

他立即走到窗邊探頭往外看，果然頂樓正冒出濃煙，黑煙在昏暗的夜空中翻騰著，直竄天際。這棟綜合商業大樓共有三十五層，店家和辦公室眾多，林慕他們所在的網咖位於二十五樓，雖然距離頂樓還有一段距離，但火災瞬息萬變，人們還是心焦地急忙疏散，紛紛往一樓撤離。

呂俊依舊趴在桌上，睡得很沉，完全沒有被外界的吵鬧聲影響，林慕不耐煩地伸手準備推他，卻被徐斌擋了下來。

「別吵他。」徐斌語氣淡然，俯下身，輕而易舉地將人橫抱而起。他的動作俐落且自然，穩穩地轉身，大步朝門走去。

林慕若無其事地收回手，心想：本來想把這個叫不醒的傢伙推下椅子，現在算他好運。離開包廂前，林慕戴上了帽子與口罩，爲了不引人注意，他刻意與徐斌等人保持一定距離，等到人群逐漸散去，才緩緩地落在最後。

然而，就在他要踏上樓梯時，手腕卻突然被人緊緊抓住，整個人被強行拉進了一間昏暗的包廂。

林慕猛地轉頭，憤怒的目光對上了一張熟悉卻看不清表情的臉——是李眞。

這傢伙怎麼會在這裡？

林慕瞬間提高警覺，壓低聲音質問藏身於陰影中的李眞：「火災，是你搞出來的？」

李眞並未立刻回答，只是一步一步地慢慢向他逼近。林慕心中警鈴大作，不自覺地跟著一步一步往後退，直到背後貼上冰冷的窗戶玻璃，退無可退。

「怎麼不問問你自己做了什麼呢？」李眞的聲音異常冷靜，透過窗外高樓燈火的映照，林慕終於看清李眞的臉。他正露出一抹淺淺的微笑，不是往日那種帶點殘忍的天眞燦爛，而是像在極力壓抑著什麼的笑容。

這個向來爲所欲爲的瘋子，竟然會試圖克制自己的情緒，這比任何一刻都更讓林慕背脊發寒。

林慕手指僵硬了下，但臉上依舊不動聲色，冷聲反問：「你在監視我？」

李眞並未理會他的問題，只自顧自地低語：「也是，爲了達到目的你一直都不擇手段，一開始就是用這種方式誘惑我的。」

他的目光緩緩落在林慕大腿上，眼神帶著灼熱和危險意味，林慕馬上明白李眞的意思，心中不禁一沉。

他難道是指剛才自己給徐斌看刺青的那一幕？當初，他的確刻意利用自己的身體誘使李眞透露情報，但這次跟那次根本是兩回事。他很清楚徐斌對自己毫無興趣，脫衣只是爲了展示刺青。

林慕正欲解釋，李眞卻猛地將手掌狠狠拍向窗框，「咚！」發出一聲沉重巨響，令林慕的話語瞬間哽在喉嚨。

「對你稍微溫柔一點，你就眞以爲我會一再縱容你？」李眞一字一字地吐出，他唇角噙笑，語氣輕柔得近乎寵溺，但眼神如冰封的深海般幽冷，無波無瀾，卻讓人無處可逃。

下一秒，李眞忽然推開窗戶，冷風灌入室內，林慕猝不及防地往後一倒，半個身子直接懸空在二十五樓的高空之上。

突如其來的失重感讓他心跳彷彿要停止，本能地伸手抓住李眞的領帶，身體搖搖欲墜，而李眞被扯得微微前傾，卻仍一動不動，嘴角甚至浮現一抹不合時宜的笑。

「怕了？」他的聲音不大，卻清晰地穿透風聲。

林慕額角冒出冷汗，指尖僵硬，眸色一暗，反而冷笑出聲，「不，要死，也要拉個墊背。」

話音剛落，他手上一緊，竟眞用力一扯，猶如要將兩人一同拖下深淵。

這時李眞終於伸出手，一把扣住林慕的腰，將他牢牢按在窗邊，既不讓他掉落，也不急著將他拉回安全之處。

「別考驗我的耐心，好嗎？」他低聲說道，似笑非笑的語氣裡帶著壓迫感。

林慕明白，自己之所以還活著，不是因爲這個瘋子心軟，更不是對方情深義重，而是因爲李眞病態的佔有慾——他容不得自己擁有過的東西離開他。但若有朝一日，這個「東西」不再屬於他，那麼它是生是死也將變得毫無意義。

林慕再怎麼冷靜，面對此刻的場面也不可能無動於衷。仰頭的姿勢讓他的腦袋一陣發脹，墜樓的恐懼、李眞恐怖的凝視、不受控制的身體，種種壓力同時撲來，令他幾乎喘不過氣。

他強迫自己冷靜下來，咬牙撐住，左手指在窗框邊緣不斷摩擦，就像在快速旋轉魔術方塊般，計算著唯一的活路。

——終於，他得出了答案。

「我對你還有用處。」林慕開口。

李眞微微挑眉，神色漫不經心，像在考慮何時要鬆手，「嗯？」

林慕清楚，眼前這人就算被自己拉住，也未必會眞的一起墜落。強烈的不甘襲來，幾近將他撕裂。他不想死，他更不想輸。

李眞，不，頑皮兔——這混帳東西，一定要爲此付出代價。

林慕深吸一口氣，聲音低冷：「你還沒眞正得到我。」

這句話成功讓李眞神情變了。他的眼神忽地亮了幾分，似乎終於聽見期待已久的邀請。

「慕慕，你終於願意讓我上了？不掙扎，也不尋死？」李眞再次喚出林慕的小名，笑逐顏開，露出了虎牙，眼中重新泛起一抹光芒。

這傢伙根本是動物，不，是畜生。林慕在心裡咬牙。

他並不是在與李眞談判，威脅他的人沒資格談條件。他只是想穩住這顆不定時炸彈，讓對方先冷靜下來，才有機會設法脫身。

林慕強忍內心的厭惡，冷淡地道：「聽懂了就讓我上去。」

然而，李眞卻輕輕搖頭，「現在就兌現你的承諾。」

「什麼？」林慕微微瞠目。

李眞笑得更開，身子微微前傾，趁林慕驚訝的空隙咬住他微張的雙唇，沉聲道：「現在，就在這裡。」

——在一棟正陷入火災的高樓，二十五樓的窗外。

08 我的王位

高空的寒風鑽進窗內，掠過糾纏的兩人，像刀鋒般切割著每一寸裸露的肌膚。林慕被牢牢困在窗框與李眞之間，背脊貼上冰冷的玻璃，腰部則被對方緊緊箝制。他的呼吸被壓迫得凌亂不堪，雖然唇舌交纏，他卻感覺不到絲毫情慾，只剩下令人作嘔的受辱感與近乎窒息的壓力。

他咬緊牙關，不肯退讓，甚至在對方入侵之際冷不防地反咬回去。

李眞輕輕咂舌，嚐到舌尖的鏽味後，反而低低笑了一聲，那笑聲貼在唇畔，如同砂紙般摩擦著理智邊緣，「就是這樣，慕慕，別太乖了，那樣我會很失望。」

他低聲說著，一手掀開林慕的衣襬，冰涼的指尖緩慢而刻意地在腹部肌膚上遊走，如同巡視領地的野獸，唇也順勢滑向林慕的鎖骨。

林慕倒抽一口氣，不敢相信李眞眞的打算在這個情況對自己下手。他瞳孔微縮，眼神如刀，「你瘋了！」

「一直都是，你忘了嗎？」李眞笑著，輕輕吻上他的胸膛，親暱得幾近溫柔，雙臂卻更用力扣緊林慕的身體，將他壓在窗框裡。背後是沒有防護的深淵，風聲呼嘯如厲鬼低語，每一秒都在提醒他，稍有閃失便會萬劫不復。

林慕幾次嘗試掙脫，卻被對方鎖得更緊。他髮絲凌亂，額角滲出的冷汗與空氣中焦煙味交織，刺得他眼睛發澀。

就在此時，樓下傳來一聲極大的聲響。

林慕神經一繃，側頭望向下方。即使這裡是二十五樓的高處，他仍能隱約看見幾名逃出的玩家正站在地面抬頭仰望，他們身影雖渺小，卻令他如墜冰窟。

他不知道，他們是否能看見李眞現在的行爲——比起墜落，對林慕而言，被當眾羞辱才是眞正的地獄。

李眞自然也察覺到了，卻反而更是得寸進尺，他的手指捏住林慕的衣領，用力一扯，襯衫鈕釦瞬間迸落。

「來吧，讓所有人看看，你是屬於誰的。」李眞的語氣柔和得近似情人耳語，但聽在林慕耳裡如毒蛇吐信，讓他渾身發寒。

「滾開！」林慕怒吼，猛然抬膝欲撞李眞下腹，依然被對方精準擋下。

李眞眼神微沉，語氣輕慢：「別亂動，不然我會以爲你是在邀請我。」

林慕冷笑，右手猛地探入口袋，掏出一支銀色鋼筆，筆尖閃著危光。他眼神如冰，迅速朝李眞刺去。

李眞毫不遲疑地一手握住筆桿，唇邊掛著輕鬆的笑意，「這種小招——」

話音未落，腰側忽然一陣劇烈刺痛，「嘶——」李眞悶哼一聲，手臂瞬間鬆開，抬頭，只見林慕一臉決然，左手緊緊握著另一支筆，筆尖猶滴著血。

原來林慕早就想好自己的行爲會被預測，所以右手的筆不過是煙霧彈。

林慕抓準機會迅速抽身，拉緊衣襬後退兩步，回到屋內。他喘著氣，語氣如霜：「這是最後的警告。下一次，就不只是這樣了。」

李眞摀住傷口，眉眼陰沉，「慕慕，我也是有脾氣的。」

林慕本以爲他指的是被刺傷的事，沒想到他根本不看傷口，而是將目光牢牢鎖在自己的大腿上。

「別隨便讓人接近你，遵守你的承諾。你說過會乖乖待在我身邊，別讓我發瘋。」他的語氣帶著不容置疑的執著，沒有頑皮兔的玩世不恭，也沒有李眞的成熟穩重，如同咒語般盤旋在林慕心頭。

林慕沒想到李眞對此會有如此強烈的執念，看著他那在理智與瘋狂之間來回擺盪的神情，他忽然意識到——李真已經不只是「李真」或「頑皮兔」，而是兩者融合之後的怪物。

他沉默幾秒，喉結微動，掩飾著自己的動搖，匆匆轉身離開。

不久，火勢被撲滅，人們陸續返回大樓。有人說那只是垃圾堆自燃引起的騷動，幸好無人傷亡。

此刻時間已來到凌晨五點，距離入學考只剩三個小時。

大多數人都沒有睡意，選擇直接前往學校準備考試。

林慕坐在教室裡，單肘支在桌上，目光低垂。他並不擔心入學考，對他而言，這是最簡單的關卡，真正讓他陷入沉思的，是入學考後將要面臨的轉捩點。

李真那句話像釘子般釘在腦中：「別讓我發瘋。」

他不是沒見過頑皮兔瘋起來的模樣，但他總感覺，說那句話的人是李真。

八點整，鐘聲一響，入學考如期舉行。

氣氛異常凝重，彷彿整個教室都被無形壓力籠罩。考卷發下時，有人手在抖，有人表情空白，所有人都惴惴不安，猜想著入學考後無法預期的後果。

不過一個上午，許多人還沒回過神來，考試便已結束。老師臨走前宣布，下午三點將在禮堂公布全校成績與分班結果。

下午三點不到，禮堂外聚滿人潮。

直到三點大門開啓，氣氛瞬間炸裂，所有人蜂擁而入，奔向盡頭的布告欄。

數十張榜單依序排列，將玩家由最高分到最低分區分爲A1到F7，共四十二個班級。林慕目光一掃，迅速在A1班第九名的位置看見了自己的名字。

他眉頭一挑，冷冷地盯著身邊的呂俊，彷彿無聲地說著：這什麼鳥成績？你敢讓我全班第九名？

呂俊渾身惡寒，但還來不及磕頭道歉，餘光一瞥榜單，愣住。

因爲他在最顯眼處看見了自己的名字——第一名，呂俊，滿分。

他忍不住激動地爆出一聲大叫，眼中瞬間泛上劫後餘生的淚水，多日以來的壓力終於得到釋放，他緊緊抓住林慕的手，「大哥！滿分、是滿分啊！你眞的做到了！」

徐斌雙手插在口袋，站在呂俊身後，瞥了他一眼，唇角勾起淺淺的弧度。

胡三也湊上來，看見自己的名字出現在C班，頓時發出哀號：「爲什麼要這樣對一個做兵的啊！老子都脫離學校幾年了，爲什麼你們都在A1班，只有老子被發配邊疆……」

他跟著抓住林慕的手，如同抓著一根救命稻草，「大嫂……不，大爺，你怎麼考的？也救救我啊！話說，老大都瘋成那樣了，還能考將近滿分是怎樣？」

林慕甩開他們，擦了擦手，回頭看向榜單。

第二名是李眞，總分九十八分，僅錯一題。

林慕瞇起眼，心想，果然系統不會讓李眞失敗，但也不會讓他輕易離開遊戲。

這時，禮堂內突然響起頒獎典禮的奏樂，接著廣播聲劃破空氣：「恭喜玩家呂俊獲得滿分，已達成快速通關條件，三十分鐘後，關卡電梯即將開啓！請各位玩家以此為榜樣，再接再厲！」

眨眼間，所有目光一齊落在呂俊身上——羨慕的、嫉妒的、不甘的，像一張密不透風的網，將他包圍。

呂俊原本得意洋洋，笑得像個發光的氣球，但當他轉頭看見林慕那張波瀾不興的臉，笑容頓時變成一副欲言又止的愁容。

「……幹嘛？」林慕皺眉，對他這副欲哭無淚的模樣感到厭煩。

呂俊吞了口口水，低聲說：「大哥，我走了你怎麼辦？你留在頑皮兔身邊太危險了，可是離開他你會更危險。入學考結束了，其他玩家肯定不會放過你……你想好方案B了嗎？」

林慕微垂眼睫，語氣冷淡：「輪不到你擔心。」

結果，呂俊的不安預感比想像中來得更早應驗，面對榜單，不少人開始感到害怕，四周氣氛像被攪動的池水，洶湧難平。

有人走過來，忽然扣住林慕的手腕，高舉起來，聲音嘶啞而激動：「你們還在等什麼？逼出奴隸的牌在哪裡，我們就都能通關了！」

一石激起千層浪。

原本還糾結於榜單的人們騷動起來，某些人目光閃爍，顯得遲疑不定；也有人直接將理智拋諸腦後，目光隱約流露出嗜血的光芒。

呂俊臉色一變，剛要衝上去，卻被林慕一記眼神擋住。他不急不慌地抽回自己的手，隨意抖了抖袖口，嘴角微勾，像是早就在等這個時機。

「你們還記得開學典禮那天，我說過什麼嗎？」林慕聲音不高，卻字字鏗鏘，如利刃般斬入人心，帶著冷靜而可怕的壓迫感。

他猛然一掌拍上榜單，發出震耳的脆響。

「這，就是證明。」

他指尖直指榜首，語氣不容置喙：「我能讓呂俊一百分，就能讓你們在場每一個人都滿分，全部快速通關。不靠殺人，不靠賭命，靠我。」

全場一靜。

眾人像被掐住了喉嚨，驟然沉寂，僅僅短短幾秒後，炸裂的聲浪如決堤般傾瀉而出。

「眞的假的？」

「他說的是眞的嗎？」

「你能讓所有人都……」

眾聲雜沓，驚疑、渴望和狐疑交錯迴盪。

林慕沒有動，只目光凌厲地掃過全場，他高舉起手，宛如革命前夕高舉著旗幟，凝聚了整座禮堂的目光與呼吸，他一字一句，沉穩地高聲大喊：「你們是選擇動手殺人、雙手染血後落荒而逃？還是繼續當階級遊戲裡的棋子，任頑皮兔擺布？或者是——選擇最簡單的路，快速通關，走向眞正的出口？」

他的話語如同振奮人心的演講，精妙算準了每個人心中的恐懼，沒有比這一刻更合適的時機，尤其成功的案例就在眼前。

人群裡，一人忽然喊道：「……如果你眞的辦得到，我就跟你！」

像火星落入乾草堆，第二聲、第三聲接連響起。

「我也要！我不想再靠殺人活下去了！」

「說啊！快說你是怎麼考到滿分的！」

聲浪一波高過一波，像潮水拍岸，將原本壓迫的空氣沖散。懷疑被擊潰、敵意被吞沒，剩下的是狂熱、希望與集體的求生本能。

林慕站在人群中央，如同風暴的核心，不動如山。他看著眼前蜂擁而至的信任，看著他們一個個從敵視到產生敬意，眼神冰冷如雪。

這是他早已布下的局，正中要害。

呂俊旁觀著這場逆轉，一臉震撼，過了許久才結巴著說：「什麼方案B，大哥你根本早就備好方案A到G了吧……大哥，難不成，你在開學典禮那天對著系統說要讓我考全校第一，就是爲了這個？」

林慕只是冷笑，「不然你以爲，我是爲了救你？」

呂俊啞口無語，反正他也不是第一次被林慕耍了。

林慕轉過頭不看他。

呂俊壓低聲音，小聲問道：「可是，你要怎麼讓全校都滿分？總不可能一個人寫幾千張考卷吧？」

林慕淡淡道：「那是我的事。」

呂俊想了想，依舊有些不放心，「那……頑皮兔那邊不會有事嗎？你不是答應他不會跟其他人靠太近？」

林慕挑眉，眼神冷了幾分，「傻子，你還沒明白嗎？我從沒打算遵守那個爛約定，只是在利用他。」

「嗄？」呂俊差點當場腿軟，「你、你怎麼敢耍頑皮？」

「我憑什麼不敢？」林慕眸光一沉，腦中閃過那本復仇的小冊子，一筆一畫地記著還沒算清的帳。

這時，呂俊耳邊傳來一聲提示音，他一愣，眼神變得認眞。

「電梯門要開了，我該走了。」呂俊想了想，低聲說：「大哥……我覺得，其實你在說謊，你根本不是爲了什麼戰略，而是想救我，才不得不出此下策吧？不然你大可以自己拿第一名，直接走人。」

林慕沒說話，只輕輕哼了一聲。

呂俊露出燦爛的笑容，「現在我也算很了解你了，其實你很好懂嘛！」

「少得寸進尺，快滾。」林慕踹了他一腳。

「好好好，第三關卡見啊！」呂俊一面走，一面不捨地回頭朝林慕揮手。

徐斌在一旁淡淡開口：「我送他。」說完拍了拍林慕的肩，以示感謝，便追上呂俊。

林慕擦了擦肩膀，看著兩人遠去的背影，心想：傻子也沒這麼傻。

激昂的氣氛在數分鐘後冷卻下來，隨著理智回籠，質疑隨之而來。

「你怎麼讓他滿分的？」

「一個人也許有機會，但全部人呢？」

「你憑什麼保證？」

質疑聲浪越來越大，眾人慢慢逼近，原本的高昂變成不信與懷疑，彷彿隨時能吞沒林慕。

林慕站在原地，眼神未曾動搖。他慢條斯理地從口袋裡拿出一疊破舊泛黃的紙，緩緩舉到眾人眼前。

「因爲我找到這個。」

紙張隨著他的動作展開，眾人定睛一看，瞳孔皆是一震——每張紙上竟密密麻麻寫滿了選項與解答。

「這是……答案卷⁉」

有人不敢相信，當場拿出自己留著的入學考題，一題題對照林慕手中的答案。

「全對，全對了！」

現場瞬間炸開了鍋，歡呼一聲比一聲大。

「難怪他有自信！」

「有救了！我們有救了！」

原本的懷疑這一刻煙消雲散，甚至有人主動湊上前，露出討好的笑容，搶著示好。

然而，就在林慕展示答案時，一道冰冷亮光閃過。

「既然有答案了……那就把牌交出來，去死吧。」一名玩家趁亂揮刀指向林慕，刀尖直逼咽喉。

既然已經有了答案，此時再把林慕解決掉，就有雙重保險。

但林慕像是早有預料，冷冷地看著逼近頸部的刀，說道：「你以爲我會蠢到把底牌一次送上？」

他晃了晃手中的手機，眼尾帶著輕佻，「這些答案裡，有幾道順序被我動了手腳。正確的答案我會在第二次大考當天，在『第二層群組』公布。」

一旁的胡三原本正要解決攻擊林慕的人，聞言愣了一下，急忙摸向口袋，「幹！你什麼時候拿走老子的手機！」

全場譁然。

此刻，沒人再懷疑林慕。他們終於明白，林慕這幾天待在國王身邊，並不是攀附權勢，他早已擁有不須依附任何人的籌碼。

他的從容，不是僞裝。他的膽識，不是演戲。

——他連國王都不放在眼裡。

當所有人還在消化這個事實時，混亂卻突然再次爆發。

「該死的奴隸！」

「去死吧！」

有玩家發了瘋似地衝上前，即便觸犯校規也要殺害林慕，只因他們牌面數字極小，原本一心想著等到洗牌就能翻身，如今林慕破解關卡，等同他們將永遠持著這張爛牌，成爲遊戲的底層玩家，生不如死。

然而，牌面較大的其他玩家輕鬆攔住了攻擊者，哀鴻遍野中，他們集體護住林慕，如同銅牆鐵壁，將意圖攻擊的人壓制在地。

局勢瞬間翻轉，被簇擁與維護著的林慕，就像眞正的「國王」。

此時，所有人終於想起遊戲規則——

「國王所向無敵，唯有奴隸能顚覆階級……」

林慕成功顛覆了國王的權威。

從這一刻開始，他成了這場遊戲眞正的統治者。

喧囂中，林慕臉上的笑意逐漸淡去，他向來對這種人性的惡鬥嗤之以鼻。

這場遊戲的惡意，才剛剛開始。

接下來幾天，學校裡氣氛詭異得可怕。

表面上人人聽命於林慕，但暗地裡小動作從未停歇。

——白天常有人潛入他們的教室。

——走廊上有人假裝不經意地靠近。

——甚至有幾次，水裡被人下了不明藥物。

然而，每次出手的人都在不知不覺間消失。

有人說是被其他玩家解決了，有人說是自己嚇跑了。無論眞相如何，林慕從來無動於衷，他只專注於上課、做筆記，彷彿周遭一切與他無關。

只不過，人心總是貪婪的，變化往往發生在一夕之間。

「奴隸」變成了新國王後，玩家們的目光也漸漸變質。

沒有敵意，卻開始多了……別的念頭。

某天自習結束後，一個高階玩家悄悄靠過來，藉著人群擁擠，搭上了林慕的肩，「大人，今晚想不想跟我們一起……」

林慕反手打開對方手腕，然而對方沒那麼容易甩開。

那人猥瑣道：「別裝冷淡嘛，你現在可是我們的大功臣，讓我們好好伺候你。」

林慕瞇起眼，眼神狠戾如刃，低聲吐出一句：「你就不怕我在答案卷動手腳？」

對方臉色一僵，還想反駁，林慕卻已轉身離開。

就在林慕快步經過走廊轉角時，一隻手突然伸出，將他猛地拽進陰暗的牆角。

林慕反射性想掙脫，但熟悉的氣息讓他瞬間冷靜下來。

李眞站在黑暗中，半張臉隱沒在陰影，一隻手按住他的肩，指尖微微收緊，低啞的聲音貼著耳畔落下：「……爲什麼要逼我？」

林慕垂下眼眸，目光落在李眞腰間隱約透出的綳帶，那是他造成的傷口。

這麼多天沒見，還沒好？

他原本以爲自己再次見到李眞應該要警惕、防範，兩人該會劍拔弩張、爭個你死我活。

然而現在他們卻異常地平靜。

李眞不似以往那般咄咄逼人，他的聲音沙啞得宛如壓抑了很久：「安分點，跟我一起待在這裡，不好嗎？」

林慕抬眸，冷冷地望著李眞：「我不是你的寵物。」

李眞笑了，低低的，彷彿在自嘲：「是，如果你是就好了……可惜，你太聰明了。」

林慕一怔，總覺得這語氣太過冷靜、太過熟悉，不像那個只知道恐嚇他的瘋子，倒像是……曾經，那個理智的李眞。

「你又恢復正常了？」林慕試探著問。

李眞沒有回答，而是緩緩靠近林慕，直到兩人貼近牆邊。

他一手撐在牆上，微微傾身，兩人的距離只剩一層呼吸吐出的薄霧。那動作像是早已習慣了的佔有姿態，卻不帶一絲力道或威脅。

林慕發現自己竟然沒有像剛才被人攬住時那樣，本能地起雞皮疙瘩和反感。

李眞壓低聲音，輕聲道：「你根本沒找到什麼答案卷。入學考的答案，是你邊做題目邊抄下來的……其他五張，不過是你亂編的而已。」

林慕微微睜大眼睛，不自覺握緊拳頭。

「你利用了他們的不信任，比起說是憑實力考一百分，不如說自己得到了答案卷，更能讓他們相信，對吧？」李貞繼續逼近，幾乎貼在他耳邊，溫聲細語，字字句句卻宛如刀鋒，剖開了林慕的計畫。

「只要你在第二次大考拿到滿分，就能離開遊戲，誰也動不了你。但若沒拿到……謊言就會被拆穿。所以你必須認眞念書，不過，由於你從開學第一天就主動坐到第一排，始終保持熱愛學習的形象，所以就算你『得到』答案卷後還是認眞上課，也不會引起太多懷疑。」

「你的計畫很完美，只有一個漏洞——」

林慕咬緊牙關。

「就是我。」李貞勾起嘴角，輕輕在他耳邊傾吐：「不過，看到是『我』，而不是那傢伙，你很高興吧？我也很高興見到你，慕慕。」

林慕喉結滾動了下。李貞明明是在拆穿他，但不知爲何，傳到耳裡彷彿情話一般，讓他呼吸微亂。

林慕立刻推開李貞，轉開臉，「既然你沒說出去，別廢話，有什麼條件？」

李貞退後半步，沒再逼近，突然說了一句：「陪我約會。」

林慕先是愣住，然後滿臉厭惡。

「我說過，要幫你慶生。」李貞笑意漸深，眼裡卻沒有溫度，「第一次期中考那天，給你三十分鐘。寫完考卷來找我。」

林慕愣了下，隨即皺眉，不敢置信地瞪著他，彷彿聽見了什麼天大的笑話。憤怒之下，他甚至錯過了李眞表情裡的不對勁。

「三十分鐘寫完考卷？你瘋了嗎？」

「你辦不到？」李眞語氣平靜，彷彿在陳述事實，不帶一絲波瀾。

林慕咬牙，剛要開口，李眞又搶先一步說道：「如果你來了，我會告訴你，我和系統的所有交易。」

這句話像一顆子彈打在林慕腦門，讓他呼吸一窒。

「你全部都想起來了？」

「你說呢？」李眞意味不明地笑著，轉身離開，留給林慕深不可測的背影，就像是——他是這場遊戲裡，唯一眞正知道所有規則的人。

林慕不自覺掐緊掌心，久久不語。

當天晚上，林慕作了一個夢。

他夢見自己對某個模糊的身影冷笑，說：「生日？有什麼好慶祝的？連把我生出來的人都不在乎了。」

對方輕輕握住他的手，極富耐心地說：「我在乎。」

聲音溫柔得過分真實，像一把利刃穿透他的層層防備。林慕在夢裡愣住，他很清楚那個人是誰，即使他始終不願承認。

猛然驚醒時，頭頂是網咖發黃斑剝的天花板，牆角那塊長年潮濕造成的水漬像極了困在他腦海裡揮之不去的黴菌。時間越久，它就爬得越深，寄生在他身體裡，想剝也剝不掉。

他閉上眼，深吸一口氣，再次睜開時，眼裡只剩冰冷。

——時間還沒到，他不能鬆懈。

自從林慕在禮堂帶頭顛覆階級規則後，整個學校像被推倒的骨牌，一夜之間局勢扭轉。但真正讓人意想不到的，是從那天之後，頑皮兔就像人間蒸發了一樣，再也沒有在學校出現過。

沒人知道他去了哪裡。

老師也並未提起，彷彿這個學生從一開始就不存在。

一時之間，校園裡謠言四起，有人說他輸了，被系統剔除；也有人說他藏在暗處，準備隨時回來翻盤。

起初，學校內瀰漫著無形的壓迫感，大家連在走廊上都不敢大聲說話，也不敢單獨行動，生怕某個轉角會突然冒出那雙瘋狂的眼睛。

但人們總是健忘，隨時間過去，沒有人再提起他的名字，生活也慢慢恢復表面的平靜。

有人放縱享樂，把這段時間當成在天堂享受的最後機會；有人不甘放棄，還在偷偷籌謀扳倒林慕的手段；也有人戰戰兢兢、日夜惡補課業，深怕有個萬一；還有一些人看似對林慕畢恭畢敬，實則不斷試探，想找機會從他口中撬出答案。

但林慕從頭到尾毫無回應，冷得像座冰山，一心只專注在手上的課本與筆記。

老師提醒過，期中考的範圍只集中在第一到第三章，篇幅不多，但難度誰也說不準。

爲了確保萬無一失，林慕不只把課本和上課內容全背了下來，還每天泡在圖書館，把所有相關書籍翻了個遍。

到了晚上，他乾脆在教室內留宿，沒日沒夜地準備。

不少人想拉他去放鬆，都被他以念書爲由拒絕，久了，自然引來一些質疑。

有人問：「你都知道答案了，那麼認眞幹嘛？」

林慕皺眉，一臉嫌棄地道：「你念書只爲了考試？眞膚淺。」

這句老教授般的發言瞬間把他們堵得說不出話。

儘管還有人在懷疑，心想：「這個人眞的知道答案嗎？」

但他們並不擔心，等期中考結束就能見眞章。規則中提到，公布成績後會有一個禮拜的統計時間，之後才會進行洗牌判定，如果考完試眞出了意外，到時再對奴隸下手也不遲。

校園裡表面上人人歡聲笑語，實則暗潮洶湧。

人心，就像一鍋即將沸騰的水，只差最後一把火。

時間晃眼過去，期中考的日子終於來了。

天還未亮，林慕就提前到了教室，他向來第一個到校。

但今天卻有人比他更早。

「林小……大哥！早啊！」胡三笑得特別燦爛，還拍了拍椅子，一副狗腿模樣。

林慕面無表情盯著他，「我不會提前告訴你答案。」

胡三一臉苦相，哀求似地湊上來，「大哥啊！我的手機還在你那啊！你不給我，我怎麼看得到群組的答案嘛！我好歹也是你老公的……兄弟……」話說到一半，感受到林慕那能殺人的眼神，胡三越說越心虛，「咳！總之，您行行好，換一支手機可好？」

林慕沒再多說，直接把手機從口袋裡拿出來，丟還給他。

胡三手忙腳亂地接下，神情茫然，想著這小子什麼時候這麼好說話？

他拿起久違的手機，想看這段時間群組傳了什麼訊息，沒想到第一個跳出來的，是李眞堆積如山的未讀訊息，整整有999+則。

老大一向惜字如金，傳訊息從不超過兩則，這次卻整整堆到破千，像洩洪般不斷湧出。

他額角冒汗，心想這下肯定出大事了，連忙點開訊息。

「慕慕，早安。」

「想我了嗎？」

「我在等你。」

「慕慕，在想什麼呢？」

「你沒點開，我也知道你又在皺眉。」

「可頌我放在圖書館了。」

「我看見你吃了，眞可愛。」

「下次再送你，不過前提是……」

「你得親口跟我要。」

胡三瞬間眼神死，咬牙低吼：「……媽的，我還想說老大又消失到哪去了，原來你們一直在用我的手機談戀愛？欺負單身狗啊！還有你們是通靈嗎？訊息都沒點開到底是怎麼對話的？」

他憤慨地繼續往下滑，最後一則停在——

「11：00，西區後山觀景台，到時見了，慕慕。」

胡三眉頭一挑，「老大找你十一點去後山？那不是考試時間嗎？」

林慕沒理會，只是繼續翻著手中的筆記。

胡三急了，湊上前問：「欸，你到底什麼時候要上傳答案？聽說你十點多才會放出來？我這把老骨頭心臟不好啊！」

林慕讀著筆記，眼神涼薄，敷衍地道：「我說過，不會提前告訴你答案。」

胡三愣了下，頓時火氣來了，「喂喂，老子是哪裡得罪你了？」

林慕終於抬起頭，淡淡地說：「因爲我也不知道答案。」

「啊？」

「我會現場答題，再傳到群組。」

胡三眨眨眼，看著林慕面無表情的臉，確定對方不是在開玩笑，差點沒暈過去，「你、你……不是說早就有答案了嗎！」

「那是假的。」林慕平靜地說。

胡三瞪大雙眼，「那上次小服務生是怎麼考滿分……」

「那是我考的。」

「你、你瘋啦？你怎麼確定你能再拿滿分？萬一失敗了，他們會殺了你！」

林慕合上筆記本，依舊冷淡地回道：「那是我的事。」

胡三嚥了口口水，總算回過神來，「老大知道這事嗎？」

「知道。」

「老徐呢？」

「知道。」

「……幹！只有我被蒙在鼓裡是不是!?」

林慕撇開臉，不耐煩地說：「但只有你，是我主動說的。」

胡三一愣，心中頓時湧起一陣感動，「林小子……」

「因爲你最蠢，他們早就猜到了。」

「……」胡三被氣得快原地升天。

他扒亂頭髮，傷透腦筋，「你怎麼敢做這種事？而且三十分鐘又是怎麼回事？萬一你沒考滿分，就算是我和老徐也不可能護得了你，老大的狀態又時好時壞……」

林慕看完筆記，繼續翻閱講義，冷冷補了一句：「不關你的事，回去等答案。」

胡三是眞的不懂，這小子哪來的膽子，敢下這麼大的賭注。正常人要嘛低調求生，要嘛躲得越遠越好，誰會像他，硬是把全世界的風險往自己身上攬？

但轉念一想，還記得第一次在賭場裡，林慕只是個初來乍到的黑桃二，結果膽子比老江湖還大，二話不說就下場跟大佬硬拚。當時他還笑林慕是不要命的小鬼，結果這傢伙還眞的是不要命。

他問林慕：「手機我拿走了，你要借誰的發群組？」

林慕連眼皮都沒抬一下，「徐斌早就替你說情了，他把手機借我，我離開教室前再還他就行了。」

胡三一愣，隨即「喔」了一聲，算是明白了。

林慕沒有再理會他，自顧自沉浸在書海裡，彷彿旁人再吵都干擾不了他分毫。

胡三看了看時間，再待下去，等下教室擠滿人只會惹來不必要的麻煩。他輕嘆了口氣，拍拍林慕的椅背，「保重啊，林小子。」說完，轉身離開。

走回教室的途中，胡三忍不住回頭瞄了一眼，心裡嘀咕著：話說……林小子是不是變了？他明明可以自己拿滿分離開，卻選擇帶著大家一起？想當初他在賭場，可是死活也不願輕易讓出籌碼。

那時林小子還不懂，有些人的確不是什麼好人，但性格好壞這種事，不是評斷一條人命的唯一標準。

話又說回來，這小子還主動告訴自己他的計畫，哪怕冒著洩露的風險，這樣算是把他們當作自己人了嗎？這個彆扭的臭小子。

胡三搖頭失笑。

而此時的林慕突然停住翻頁的動作，腦袋裡閃過一個念頭——

聽到他「根本不知道答案」，第一個想法居然不是自己會不會被連累，而是擔心他的死活？果然蠢得要命。

林慕哼笑一聲，指節輕敲書頁，又繼續埋頭溫習。

時間來到九點，玩家們陸續進入教室。

教室裡安靜得掉落一根針都聽得見，偶爾有竊竊私語，現場氣氛讓他們即使不想念書也忍不住攤開課本看個兩眼。

十點二十九分，老師出現，考場裡氣氛瞬間凝結。

林慕深吸一口氣，掃了一眼牆上的指針——三十分鐘倒數開始。

老師發下考卷，筆尖與紙張磨擦的沙沙聲此起彼落。

林慕低頭掃過題目，指尖一緊，沒有絲毫猶豫，立刻下筆。

他知道，留給他的時間遠沒有三十分鐘，真正的壓力來自後山那個瘋子給的「限時邀約」。

十一點，他得準時到。

教室離後山觀景台有多遠，他再清楚不過。即使盡全力衝刺也要十分鐘，加上還得趁老師不注意，把答案傳到群組。算來算去，真正能坐在這裡作答的時間……

頂多十五分鐘。

林慕深吸一口氣，逼自己排除雜念，專注在考卷上。

筆尖幾乎沒停，彷彿全身每根神經都被擰緊，一題接著一題，像機械般運轉。

十題……

三十題……

五十題……

六十題！

寫下最後一題答案後，林慕才發現自己從頭到尾幾乎沒換過幾次氣，背脊都被冷汗浸濕。

他不敢停，快速檢查一眼答案卡、確認沒漏答後，便悄悄把手機從桌下滑過去給徐斌。

兩人眼神短暫交會，沒有多餘言語，彷彿早有默契。

林慕隨即起身，交卷，快步走出教室。

一出門，拔腿狂奔。

踩下樓梯的那一瞬他才驚覺自己跑得有多急，心臟跳得像要爆開，額上汗珠不斷滑落。

他咬牙提速，呼吸也越來越紊亂。

他不知道自己在拚命什麼。

明明只要無視那個約定，按部就班地寫完考卷，穩穩拿下滿分、穩穩傳出答案……就什麼事都不會有了。

但偏偏，他還是跑了。

像個不信命的傻子一樣，拚了命往後山方向衝去。

林慕在心裡咬牙低罵一聲。

都怪那個該死的夢。

怪那個反覆在夜裡騷擾他的聲音。

怪那個明明早該被遺忘的人，在他心裡留下了這麼深的污痕。

09 永不遺忘的約定

林慕踩著碎石坡道，一路衝向西區後山觀景台，陽光灑在他汗水淋漓的臉龐，令他整個人像是被烈日淬鍊過，卻依然閃閃發光。

腳下的山坡路蜿蜒崎嶇，沿途野草叢生，觀景台位在半山腰，視野極好，抬頭便見天空一片開闊，白雲緩緩飄浮，往下望則是黃石峭壁，有稀疏的樹叢點綴。

他片刻未停地跑到目的地，氣喘吁吁，一見到涼亭下的人，忍不住諷刺一句：「這就是你說的慶生？這地方光禿禿什麼都沒有。」

站在涼亭裡的李眞聞聲回頭，像是早就等在那裡。他一身簡單的白襯衫，眼底含著藏不住的笑意，「慕慕，原來比起線索，你更在意慶生？」

林慕臉一熱，乾咳兩聲，「說什麼蠢話？那是因爲你說的『線索』，我早就猜到了七、八分。」

他別開視線，語速不自然地快了幾拍，「首先，徐斌會出現在第二層肯定是你安排的。胡三不只認識你，還把你當偶像一樣崇拜，他又是第一層幹部，和副組長關係也不錯……很顯然，你就是第一層的組長，不，應該說，你根本不只是第一層的組長。」

他聲調略微低沉，一步步道出答案。

「你的權限高到能干預關卡流程，甚至左右玩家動向，這根本不是一般幹部能做到的事。我懷疑，這十層遊戲群組背後的管理者就是你，你就是每一層的組長。而這點，肯定是系統的授意。」

短暫沉默後，李眞微微一笑，聲音懶洋洋的，卻不否認。

「你發現了。」

他像是在讚賞終於解開題目的學生，眼神閃爍著某種無法捉摸的情緒，既沒有驚訝，也沒有焦躁，彷彿這場對話早在他腦海中排演過無數次。

林慕盯著他看了幾秒，彷彿想看出此刻在他身體裡的，究竟是「李眞」還是「頑皮兔」。

「我原本以爲，你只是被系統收編的高等玩家，可是這裡的強者應該不只你一個，系統卻幾乎把所有資源都押在你身上。」林慕停頓幾秒，接著才說出結論：「簡直就像……你才是這場遊戲的主角。」

李眞偏頭看他，表情讓人摸不清思緒，眼珠靈動地轉了轉，嘴角勾起一抹壞心眼的笑意，「或許吧。」

林慕微皺起眉。若是從前，他也許會懷疑李眞和系統是一丘之貉，但現在，他看過李眞眞實的模樣，見過那眞摯而堅決的眼神——他相信自己看人的眼光，那樣的人，不會甘心成爲系統的走狗。他的直覺告訴他，李眞心裡抗拒這一切，只是礙於什麼而無法脫身。

「我不知道你們在搞什麼鬼，但別插手我的關卡，也別把我牽扯進去。」

李眞聽完只是淡淡道：「不可能。」

「……什麼？」

李眞一臉無辜地攤手，嘟著嘴，說：「唔，男生都會想欺負自己喜歡的人吧？」

林慕當場無語三秒。他扶額，咬牙低罵：「少胡扯，你這個神經病，搞不懂徐斌他們怎麼受得了你。」

李眞搖了搖食指，嘖了三聲，「錯錯錯，他們都很能接受我發瘋唷，不能接受的，只有你。」

他俯身湊近林慕，原本嬉笑的神情收斂，眼底那抹遊戲人間的光芒悄然消失，只剩下深不見底的溫情。

「因爲你啊——」他語氣放輕，近乎呢喃：「很喜歡那個溫柔的我，對吧？」

話尾落下，空氣像忽然凝住，林慕沒有立刻說話，只覺那句話像一根針，輕輕地，卻精準地戳進心口。

他原以爲自己藏得很好，從不說出口的那些在意、動搖、不甘與熟悉，都能憑理性壓下。可是眼前這個人總是能用不合時宜的柔情，輕易掀開他一層層築起的防線。

林慕瞬間冷下臉，「閉嘴，殺人犯。李眞，你要躲在瘋子背後到什麼時候？其實你已經能切換自如了吧？」

「你分得出我們兩個呢。」李眞將雙手枕在腦後，語氣悠哉，「這個嘛，他也不是隨時都能出來，畢竟我們還沒協調好誰才是主人格，得給彼此一點空間。」

林慕心裡一沉。他早就懷疑李眞不是單純的人格分裂，大多數人格分裂患者的主副人格界限分明，但李眞不同。因爲他進入遊戲後先是失憶，後來又由於某些不明原因導致性格大變，才成爲「頑皮兔」。

所以，「頑皮兔」不能算是李眞的「副人格」，更像是他因爲受到某種刺激而產生的性格變化。

也因此就算後來李眞恢復記憶，但面對兩段截然不同的人生經歷，他已經無法回到原本的自己——以至於變成現在這樣，同時存在於體內、既相似又相反的個體。

這時李眞再次開口，打斷了林慕的思緒。

「不過嘛，說要幫你慶生的是他，他晚點應該會出現吧。在那之前我想到了，你們之前單獨待過一整晚……」李眞瞇起眼，眼神有些危險，宛如漫不經心又隨時會撲上來的獅子。

林慕警覺地後退半步，還沒來得及回話，李眞已經嘟起嘴，不滿地抱怨：「一整晚都在下棋，對吧？我也要玩！」

說完，他從懷裡掏出一副西洋棋，啪的一聲攤在觀景台石桌上，像個興致勃勃的小孩。

林慕看了看李眞，又看向石桌上的棋盤，內心無語吐槽：這是在涼亭下棋的老人嗎？

李眞絲毫未受林慕嫌棄眼神的影響，手裡的棋盤似乎早就準備好，每一枚棋子都擦得發亮，彷彿等這場對局許久。他拈著棋子擺弄，和當初把玩林慕黑白手機時一樣，眼神裡帶著光，就像整個世界只剩下這盤遊戲。

林慕回頭望了一眼遠方的教學樓，陽光映在每個樓層的窗戶上，反射出刺目的光芒。他心想，今天晚上六點，成績就要公布了，成敗與否就看這一刻，在這個關鍵點，他沒時間在這裡和瘋子玩耍。

「我沒閒工夫陪你玩。」他語氣冷硬，「你說過只要我來，就會告訴我線索。快說，你和系統到底做了什麼交易？」

「這麼重要的線索，怎麼可能隨便送你呢？」李眞一邊哼著歌，一邊擺好棋盤，「比十局，全部贏我，我就告訴你。」

林慕咬牙切齒，「你要我嗎？」他覺得李眞在浪費時間。

「我答應過的事，哪次沒做到？」李眞微微一笑，有意無意地彎指一撥，棋盤上的黑色國王倒在棋盤上，發出一聲輕響，「倒是你，不守承諾的壞孩子。」

林慕心中一寒，想起自己曾經擺對方一道。

看來，這場棋局，是特地爲他準備的。

不是鬧著玩，也不是單純賭氣，而是——算帳來了。

林慕咬了咬牙，深知自己不可能逃離，只好不甘心地坐下，嘴上仍不忘譏諷：「你也只有『守信』這個優點，其他爛事都做遍了。」

他看著桌上井然排列的棋子，想起上次和李眞的對戰一局也沒贏。他吞了口唾液，心中暗道：也好，他早就想扳回一城，這次絕不能輸。

棋局開始。

但是，事情的發展和林慕想的迥然不同——李眞，或者該說頑皮兔，棋下得糟透了。

看著李眞連士兵和騎士的走法都搞錯，林慕眼神狐疑，「你該不會是故意讓我吧？」

「哇，慕慕你怎麼可以這樣說？我受傷了。」李眞露出水汪汪的無辜眼神。

「看來你的智商都給另一個人了。」

「……我真的受傷了唷。」

林慕心想，原來兩人雖然記憶共通，擅長的地方還是有所不同？「頑皮兔」是遊戲中才生出的，很可能不曾接觸過西洋棋，所以就算有李眞的記憶，也未必就擅長。

林慕勾起唇角，勢在必得。

然而，局勢卻突然發生轉變。

到第三局開始，李眞的走法不再亂無章法，甚至開始模仿林慕的棋路，還能預判幾步後的攻防。

林慕深深皺眉，氣不打一處來，「你是假裝不會，故意耍我？」

「我一直都很認眞唷。」李眞語氣無辜，一臉「沒辦法，我學習能力好」的表情，看得林慕更加火大。

林慕一點也不想承認這傢伙的學習能力異常驚人，只花幾局便掌握了規則，並逐漸演化出屬於自己的玩法。

不像一般老手那樣保守，也不像新手那樣魯莽，他的棋風時而散漫，時而銳利，彷彿兩個不同靈魂輪番下棋，讓人摸不清路數，也難以防備。

從第六局開始，林慕額角冒出細汗，他必須極度專注才能勉強拉回局勢。

兩人對坐，風過樹梢，黃昏的光斜落在棋盤上，光影交錯，彷彿也參與了這場對決。

第七局僵持了兩個半小時，第八局林慕僅險勝一步，第九局依舊如此。

到第十局，天色已晚，遠山被夕霞染紅，整個觀景台靜得只剩移動棋子的聲響與兩人交錯的呼吸。

林慕盯著棋盤，什麼關卡、線索、成績和學校，都已拋在腦後，現在他沉浸在這場對弈，在異常緊張、膠著的戰役之中，他卻感到格外興奮。

終局。

林慕穩穩落下最後一步。

他贏了。

一瞬間，他幾乎想跳起來歡呼，嘴角止不住上揚，眼裡透出久違的輕盈笑意，渾身暢快淋漓。

打從進入這個鬼遊戲以來，他頭一次感到如此發自內心的快樂。

「我——」他剛開口。

卻對上一雙滿是溫柔與驕傲的眼睛。

李眞輕輕一笑，嗓音像落日後的暖風，撫過他心口最柔軟的地方。

「你贏了。」

這一刻，林慕怔住了。

「李……眞？」

「嗯，是我，我來遵守約定了。」

李眞伸手，將林慕額前凌亂碎髮輕撩至耳後，指尖微微顫動，宛如撫過某樣珍藏的寶物。

「第一個約定，是給贏家的獎賞。」

林慕喉頭一緊，竟沒能阻止李眞的動作。

「系統的確給了我最大的權限，但條件是，我不能離開遊戲。」李眞的手緩緩下滑，最後握住林慕的指尖，力道很輕，比起束縛，更像是懇求，令人難以抗拒。

「跟我一起待在這裡，不好嗎？」

林慕停頓半晌，「這就是你一直阻攔我，不希望我破關的原因？」

李眞沒有正面回應，而是莞爾一笑，眼底卻沒有半分笑意，「說到破關……我眞意外，慕慕，你變了。」

他掏出手機，亮出群組介面，上面顯示的是徐斌轉發的試卷答案。

「從前的你不會救所有人，更不可能救那些對你圖謀不軌的人。從前的你爲了得到第一名可以不擇手段，但現在……你卻主動放棄了這個機會。」

在涼亭見到林慕時，李眞有些驚訝。

眼前的他模樣狼狽，臉頰泛紅、額上冒汗，似乎是一路奔跑上來，甚至連褲腳都沾了泥濘。

他原先之所以約定十一點，是精準估算過林慕的答題速度，以及趕赴觀景台所需的時間，以林慕一貫的冷靜與效率，應該足以應付。

這不像林慕，至少不像他記憶中那個冷靜、自持，從不爲誰費力的林慕。

林慕沒回應，只默默垂著眼，腦中莫名浮現那幾個老是在他面前裝模作樣、說大道理的討厭鬼們。無論是胡三、徐斌還是呂俊，這段時間以來他們的吵鬧與陪伴，確實在無形中改變了他。

這回林慕沒有閃躲，抬起頭，眼神堅定而坦率，像是一顆迎風向陽的黑曜石。

「人會往前走，李眞。」他一個字一個字說得斬釘截鐵，眼神銳利，「那你呢？你還要躲在那個瘋子背後到什麼時候？你以爲只要成爲『他』，就不用面對現實嗎？」

林慕不信，李眞怎麼可能無法離開？他明明曾經成功過——曾經突破關卡、曾經掙脫掌控，他比任何人都更有本事離開這個鬼地方。

如果他眞的完全受制於系統，那系統根本不須開出如此豐厚的條件，只要繼續把他關著就好，如今卻用高等權限利誘，這只代表一件事：是李眞自己選擇留下來。

林慕直視著他，聲音壓低卻清晰得可怕，「你不肯再離開這裡，是因爲怕了？還是你迷上了當『上帝』的感覺？在這裡你能掌控一切，能左右關卡、編寫規則，所有人都得按你的劇本走……手握權力讓你上癮了，是嗎？」

說出的話語像一把鑿子，一下接著一下鑿開埋藏在最深處的眞相。

李眞沒有回應。他只靜靜望著林慕，那雙眼裡沒有往日的玩世不恭，也沒有「頑皮兔」的惡作劇氣息，而是流露出難以言喻的沉寂，宛如風暴前的死水。

他輕聲開口，像是自言自語，又像早已說給自己聽了千百遍：「有人離開籠子，就得有人留下。」

「啪！」林慕猛然一掌拍在棋盤上，棋子飛散，盤面劇震，「什麼鬼邏輯？明明我們都可以出去！你怕什麼？怕被抓回來？怕再一次失敗？你這個膽小的混蛋！」

林慕罕見地失控，心底積壓已久的情緒潰堤而出，他恨透了李眞總是自作主張、恨他永遠不肯說清楚，像是註定要一個人背負所有祕密與責任。

李貞凝視著他，唇角微微抖動，似乎極力隱忍著什麼。沉默半晌後，他轉過頭去，目光投向涼亭外無邊無際的天空。

「說好的，第二個約定，你的禮物就在那裡。」他的聲音忽然柔軟下來，如夕陽西斜前輕輕滑過草尖的微風，他緩緩抬起手，指向天際盡頭。

林慕一怔，順著他所指的方向望去。

此刻，夕陽正緩緩滑落，金色霞光鋪滿遼闊的天空，將層層雲霧染成炙熱的橘紅與柔和的玫瑰色，光暈映照著黃石峭壁，將每一寸岩壁都鍍上一層耀眼卻柔和的光輝。那光景壯麗得讓人屏息，又溫暖到能觸動心底最柔軟的角落。

但真正觸動林慕的，不是眼前奪目的夕陽，而是身旁的人，輕輕地開口道出的一句話：

「慕慕，我愛你。」

李貞的嗓音溫柔而堅定，帶著近似誓言的誠摯，「我們是彼此的太陽，無論身處何方，我都會在你看得見的地方陪伴你。」

林慕心頭一震，一向鎮定的他眸光微微顫動。他望向身旁的人，夕陽將李貞的紅色頭髮映照成流動的火焰，他無意間脫口而出：「你的頭髮……好像夕陽。」

你的頭髮好像夕陽。

一句話，穿透了時間的厚幕，撞進腦海深處，變成重疊的回音。他的心劇烈跳動起來，一股熟悉而劇烈的疼痛，撕碎了記憶裡那層模糊的面紗。

這個場景，這個夕陽，甚至此刻兩人的對話——

他經歷過。

他一定經歷過！

林慕只覺得頭痛欲裂，腦海裡無數模糊的片段紛亂而失控地湧現。

李眞注意到他的異狀，將手輕輕搭在他的肩上，輕聲而堅定地說：「慕慕，我知道你一定會想起來，這就是我爲你準備的禮物。」

這道熟悉而溫暖的嗓音，與夜夜纏繞著他的夢境完全重合。林慕從來沒有停止追尋那些聲音和模糊的身影，縱然他已經清楚那個人是誰，但始終不願承認，因爲對他而言，那些仍舊陌生得像別人的記憶。

戒備、抗拒、熟悉、依賴，各種複雜的情緒日日夜夜都在他的內心互相撕扯。

李眞緩緩抬起手掌，輕柔地覆在林慕的臉龐，迫使他仰起頭，與自己對視。李眞勾起一抹溫和到令人心碎的笑容，從背後拿出熟悉的兔子頭套，戴上，從頭套中傳來一聲輕笑，

「從今以後，這個夕陽只讓你一個人看。」

林慕狠狠愣住，他想起了一幕畫面。

黃昏下那個有著一頭紅髮的人，不知從哪掏出了一個兒童派對用的兔子面具，燦爛地笑著對他說出這句話──「從今以後，這個夕陽只讓你一個人看。」

這一刻，林慕終於明白爲什麼李眞總是戴著兔子頭套，甚至造成了「看過他眞面目的人都會死」的都市傳說。原來，這並非「頑皮兔」喜怒無常，而是失憶後的李眞，潛意識裡依然牢牢守護著他們曾有過的約定。

夢境與現實的界線徹底崩塌，林慕面對眼前的「頑皮兔」，頭一次沒有感到憎恨、厭惡與憤怒，內心只有一股酸澀，讓他眼眶瞬間濕熱。

李眞緩緩低下頭，呼吸拂過林慕的臉龐，雙眼專注地注視著他的每一絲反應，彷彿只要輕輕一推，他就會停下來。

不過這次，林慕沒有拒絕。

林慕輕輕閉上眼睛，溫熱的觸感落在唇瓣上，如同夕陽慢慢沉入海平面，帶著令人安心的暖意與平靜，蔓延至他的胸口。

兩人靜靜地站在夕陽之下，被漫天餘暉溫柔籠罩，陷入難得的寧靜。

這一瞬，林慕終於承認，他一直渴望知道那些夢境背後的眞相。

因爲他偷偷地、不可言說地，想成爲夢境裡的那個人。

即使沒有完整記憶、沒有任何證據，他仍生平第一次想要衝動地、不顧一切地、沒有猜忌地去相信一個人。

因爲，他也想要幸福啊。

忽然，李眞的聲音從交疊的雙唇間傳來，輕得如同耳語，帶著無法忽視的哀傷：「但是，慕慕，從你完成考卷的那一刻起，一切就已經來不及了。」

「我知道你會考滿分，因爲你從來都是最優秀的那一個。」李眞的聲音溫柔如初，卻帶著一絲令人顫慄的悲涼，「但很抱歉，這一次，第一名必須是我。」

「你說什麼——」林慕話音未落，腹部忽然一陣劇痛襲來，低頭看去，眼前的一切瞬間變得不眞實——李眞手中握著一把刀，刀鋒深深刺入了他的腹部，鮮血迅速漫開，滲透了衣物。

劇烈的痛楚伴隨強烈的暈眩感湧上腦門，這種感覺如此熟悉，就如同當初在校門口被人狠狠刺穿身體時一般。

林慕倉皇地往後退，腳步凌亂虛浮，他努力伸出手想抓住什麼，卻什麼也抓不住，重心不穩地撞上了觀景台邊緣的圍欄。耳邊傳來圍欄斷裂的聲響，他的身體瞬間往後傾斜，失去了平衡。

墜落的那一瞬，他看見李眞伸出手，又在半空中僵硬地停住，臉上充滿了無法言喻的悲痛，雙手因爲極力忍耐著什麼而顫抖。

李眞的嘴唇微微顫動，聲音遙遠卻清晰地傳入林慕耳中：「慕慕，你的劇本，一直都是我寫的。」

——你不入地獄，誰入地獄？

剎那間，林慕明白了劇本的眞正含意。

原來，只有他死去，這場該死的遊戲才能眞正終結。

他的身體不斷下墜，耳邊是呼嘯而過的冷風，眼前的最後一幕，是那道紅髮身影與緩緩沉入山谷的夕陽重疊在一起。

夕陽……

林慕眼瞳震顫，神情從最初的震驚、錯愕與憤怒，逐漸變成釋然，直至最後歸於平靜。

李眞曾對他說過，他太著急，從未好好看過身邊的風景。原來眞正的答案一直在眼前。

他的意識逐漸飄散，視線中那抹紅色如餘暉般逐漸遠去，「夕陽」這個關鍵詞如同一把鑰匙，打開了他內心深處那扇封閉已久的門。

無數零碎記憶紛至沓來，他的人生裡有太多片段都與這抹夕陽緊緊相連。

10 我們

高中畢業那年，林慕以全校第一的成績考上了被稱為「世界頂尖」的天堂島大學。那是一所位在島上，不隸屬於政府，採取私人管理的菁英學府，據說匯聚了國內最頂尖的人才，而在學生之中，又以某個人的名字特別頻繁被提及。

「欸欸，你知道嗎？昨天李眞他啊……」

「聽說A班的楊希跟李眞告白了！」

「拜託，這有什麼稀奇的？昨天還有個一年級的學妹也……」

自從林慕一個月前進入這所學校，「李眞」這個名字已經聽到耳朵都快長繭。他雖然還未見過這個叫作李眞的人，但也能從傳聞拼湊出對方的樣貌，就是一個有著雄厚家世背景、長相英俊、備受眾人寵愛，做任何事都一路順遂的超級人生勝利組。

特別可恨。

林慕對此感到相當不適與反感，完美詮釋了何謂仇富心理。

不過，他很快甩開這些亂七八糟的念頭，專注在學習上，畢竟好不容易才考進頂尖學府，他立誓要更精進自己，習得更多專業知識，在畢業後找到一份人人稱羨的工作，證明自己比「李眞」那種家世顯赫卻整天只會吃喝玩樂的紈褲子弟強得多。

林慕幻想自己如果能在第一次大考就一鳴驚人、成爲榜上第一，那麼教授肯定會爭相要他當助教，全校師生都會對他欽佩不已……呵呵。

想著想著，林慕忍不住在宿舍的書桌前傻笑起來。

天堂島大學有一項特殊規定，爲了鼓勵學生們跨級挑戰，每次考試皆不按年級區分，而是將全校學生放在同一個榜單排名。因此林慕很有自信，自己高中時長期穩居第一，現在又是大一新生，課業難度最低，拿第一想必輕而易舉。

時光匆匆飛逝，第一次考試放榜那天，當他滿懷自信地走向布告欄、目光投向榜首位置時，瞬間呆住了，手中的書本散落一地。

榜單最上方赫然寫著兩個大字：「李眞」。

李眞？那個每天都在吃喝玩樂、遊手好閒的傢伙？怎麼可能？他怎麼可能考第一？

林慕震驚得無法回神，咬牙切齒地盯著榜單上的名字，胸口湧起強烈的不甘與憤怒。

爲什麼？憑什麼？他有錢有勢又受人歡迎，現在連第一名都是他，這公平嗎？肯定是買榜！

林慕無法接受自己居然會輸，更別提輸給這種浪蕩子。他甚至揣測，李眞是不是靠家裡捐款給學校，或者透過什麼骯髒手段，才會拿下第一？

周圍學生漸漸散去，而他仍呆立在榜單前，久久無法釋懷。有人替他撿起散落的書籍，塞回他手裡，他也只是機械式地抱著，視線依舊緊盯著那個名字。

從那天起，「李眞」這兩個字彷彿成了他的心魔，每次聽見便不自覺惱怒。他暗中發誓，下次考試一定要考滿分，強行奪下榜首！

直到有一天，他親眼見到了李眞。

那天他罕見地走進圖書館，由於不喜歡和其他人同桌，所以他很少來這裡溫書，今天來的目的也只是爲了找一本書。

這座圖書館氣勢磅礴，足足有十幾層樓高，幾乎收集了全世界的重要書籍，琳瑯滿目的藏書多達千萬冊。由於空間太過廣闊，加上林慕還不太熟悉如何透過書籍編碼快速找書，只能一個書架一個書架慢慢地找。

走到經濟學區域時，他踮起腳尖，試圖取下位於書架最上層的一本書，沒想到一不小心，書籍散落，砸在了腳邊。

他皺起眉頭，正要彎腰撿起時，身後忽然響起一道帶著笑意的聲音：「每次見到你都掉書，想不到你看起來精明，原來這麼迷糊。」

林慕轉過頭，視線瞬間被一抹鮮艷的紅髮攫住，那張俊朗得不像真人的面孔，令他幾乎一瞬間就明白——眼前這個人，就是傳聞中那個可惡的李真。

「你認錯人了。」林慕冷冷地否認。他根本不曉得對方在說什麼。

李真輕笑，沒再多說，只是彎腰幫他撿起書本，塞回他手裡。

「你不喜歡念書嗎？每次看到你拿書都皺眉頭，一副有深仇大恨的樣子。」李真語帶調侃。

「你說什麼？」林慕原本不打算搭理對方，但這句話讓他瞬間惱怒起來。竟然說他不喜歡念書？哈！簡直是天大的笑話！

「沒那個天賦，還想當命理老師？」林慕勾起唇角，反諷回去。

李真微微一怔，隨即哈哈大笑起來：「大家都說你是冰山美人，冷冰冰的不愛理人，總是獨來獨往……現在看起來根本不是這麼回事嘛，你的內心戲還挺多的。」

林慕一點也不在意其他人怎麼看待自己，他來學校不是為了交朋友，更懶得理會李真這種自以為理解他的人，於是轉身繼續找書。

「你在找哪本？」李真又問。

林慕沒有回答。

但李眞彷彿料到了一般，「《經濟學概論》，是嗎？」

林慕愣了下，回頭皺眉，不理解李眞怎麼會知道。

「猜對了？」李眞彎起唇角，「看來我的命理事業還有救。」

林慕被堵得說不出話，不耐煩地轉頭就走。

李眞趕緊喊住他：「好、好，我開玩笑的。我只是想提醒你走錯了，那本在你剛才經過的那排。」

林慕腳步一頓，因爲討厭被糾錯，所以嘴硬地回擊：「你又知道我一定是要找那本？」

李眞莞爾，「你想選修經濟學，這本是教授提供給你的必讀書籍，我今天經過辦公室時剛好聽見了。」

林慕瞇起眼，「偷聽別人講話？你是跟蹤狂嗎？」

李眞兩手一攤，裝作無奈地道：「是你太引人注目了，我很難不注意啊。不管去哪大家都在討論那個高不可攀的一年級新生，聰明又漂亮，很多人都對你感興趣。」

林慕冷笑一聲，心裡暗罵：明明大家口中那個「長得好看又聰明」的人是你，現在說這種話是在故意諷刺我嗎？

似乎察覺林慕的不悅，李眞微微收起笑意，目光柔和了些，神情也變得認眞：「而且，第一次考試就拿下第二名，所以我也開始好奇你了，我常常在你身邊轉，但你好像從來沒發現。」

林慕微微一怔。

原來他有注意到自己是第二名？而且他也是……

這段日子以來，林慕總是暗中打聽關於李眞的消息，沒想到兩人竟不約而同地互相關注，卻總是完美地錯過彼此的目光。

林慕輕咳一聲，撇開視線，「『知己知彼，百戰不殆』，剛好趁這個機會我就說了，下次的第一名一定會是我。」

李眞挑眉，唇角重新勾起輕鬆且自信的笑容，「哦？那我拭目以待。」

看著對方游刃有餘的模樣，林慕心中瞬間冒起難以言說的惱火。

眞是討厭透了。

出乎林慕預料的是，自從那次在圖書館相遇之後，無論大考小考，他一次也沒能超越李眞。

氣得他半夜作夢都夢到在考試，然後在李眞的笑臉中氣醒。

不過，隨著時間推移，林慕漸漸發現李貞並非是每天只懂玩樂的紈褲子弟。

他曾親眼看見李貞放學後到健身房鍛鍊身體，有空堂就走進圖書館認真溫書，且無論是學業、體育、音樂，甚至社交活動，李貞都全力以赴，因此他樣樣精通，在嚴謹又緊湊的日常中，卻還能抽出時間享受生活。

有時林慕會懷疑，李貞是不是不只有錢，還擁有別人沒有的特權——例如他的一天有四十八小時之類的。

他也曾在某個深夜遠遠地看見李貞從圖書館離開後，被一輛黑色轎車接走，據說車裡坐著的是日理萬機的總裁，李貞的父親。儘管事業繁忙，李父依然堅持每日親自接送。

那些司機和保鑣對待李貞恭敬有加，但和電視上看見的豪門不同，他們對待李貞的態度多了一分熟絡，而李貞每次與他們說話時，臉上也總帶著溫暖的笑容，態度親切自然，就像老朋友一樣。

雖然李貞備受父親和部下們寵愛，林慕還是注意到，李貞的家規相當嚴格。他似乎必須在各方面保持絕對的第一名，每分每秒都有精密的規劃，就連看似輕鬆自在的玩樂，也被精準地安排在行程表裡。

原來，這就是李貞總是位居榜首的原因。

於是，林慕不甘心地也開始跟隨李眞的作息。李眞每天凌晨晨跑，他也跟著去晨跑；李眞每個空堂或晚上都到圖書館溫書，他也跟著去圖書館。彷彿只要這麼做，總有一天就能超越對方。

深夜的圖書館經常只剩他們兩人各踞長桌一邊，彼此之間隔著整整五個座位的距離，不遠也不近，靜靜地挑燈夜讀，很少說話。

一月，寒氣逼人，林慕裹緊大衣，抬頭望見對面的李眞專注地埋頭書本。

三月，春意萌發，圖書館裡回暖不少。李眞穿著薄薄的毛衣走進來，神色自然地坐到一旁，和林慕間隔著四個座位。

五月，清晨微涼，李眞剛跑完步，穿著運動衫，手裡拎著早餐，和林慕隔著三個座位坐下，悠然地打開了書本。

七月，盛夏炎熱，李眞手拿一杯冰涼的飲料，坐到了林慕旁邊，這回只隔著兩個座位的距離。

十月，秋意深濃，李眞穿著深色風衣外套走進圖書館，看見林慕後點頭示意，主動將一杯咖啡放在林慕面前，然後理所當然地坐在了他的身旁。

「這題公式錯了。」李眞指著林慕正在驗算的數學題，說了一句。

林慕一頓，趕緊將過程塗掉，嘴硬地說：「我只是還沒檢查而已。」

李眞失笑，側頭凝視林慕清冷倔強的側臉，聲音柔和得像溫煦的晚風：「沒事，這題我也錯過。這裡是出題老師設的陷阱，其實……」

他的聲音低沉溫柔，講解清晰易懂，林慕不自覺專注起來，原本緊繃的防備漸漸鬆懈，不由自主地點頭、做筆記，整個人都被李眞帶進了題目裡。那些他苦思好幾個小時仍卡關的盲點，此刻竟輕易地迎刃而解。

「懂了嗎？」李眞笑意加深。

「嗯！」林慕低頭飛快在紙上記錄著，臉上罕見地浮現純粹的喜悅，雙眼亮得像映了星辰。他完全沒注意到，李眞此刻正撐著頭，靜靜凝視著自己，那眼神專注而溫柔，唇邊浮著一抹極淡卻眞切的笑意。

「十月了。」李眞緩緩開口，語氣一如既往地從容，「下次考試要比什麼？」

林慕猛然回過神，倏地收回笑容，嘴角微微往下一扯，語氣流露出自己都沒察覺的抱怨和賭氣，「每次都是你贏，有什麼好比的？」

李眞起身，從林慕身後探出手來，輕輕搭在他的手背上，姿態親暱，像在耐心教孩子寫字似地，拊在耳邊溫聲道：「我來教你怎麼贏我。」

林慕短暫地怔住，下一秒急忙甩開他的手，聲音帶著難掩的羞惱：「少自以爲是了！誰要你……教？」

說完，他心底莫名湧上一絲心虛。他當然知道李眞教得很好，若想眞正超越對方，他需要的正是這樣的指導，可他又不甘承認這點。

似乎察覺到林慕內心的糾結，李眞微笑著安撫：「你不用多想，教你的過程對我來說也是複習，算是互相幫助吧。」

林慕皺眉，眼底重新浮起警戒與疑惑，「誰會這樣幫自己的對手？你到底想幹什麼？」

他從來不相信世界上有不求回報的善意，更何況眼前這個男人是李眞──一個無論什麼方面都勝他一籌、與自己徹底在不同世界的人。

李眞無奈地輕笑一聲，雙手一攤，大方地坦承：「我對你別有居心啊，都這麼久了，你那麼聰明，還看不出來嗎？」

林慕的心猛地一跳，連呼吸都停滯了一瞬，他立刻強迫自己鎭定下來，漠然駁斥：「我沒時間聽你開玩笑。」

李眞怎麼可能對他有興趣？他知道自己長得好看，但李眞這個呼風喚雨的大少爺，要什麼俊男美女沒有？從小到大，林慕不是第一次被人騷擾，但他沒想到，連李眞都拿這個來開玩笑……

林慕沉下臉色，比起惱怒，心中更多的竟是一絲悲傷。

李眞深知林慕不會輕易相信，不過他並不著急，「你現在不信也沒關係，反正只是課業指導，你沒損失，不是嗎？」

林慕頓時陷入掙扎，理智告訴他應該拒絕，但遲遲無法突破的排名，以及對求知的欲望，逐漸在他內心佔了上風。

他最終點了點頭，但總覺哪裡不對勁。明明是自己佔了便宜，卻彷彿被人拿捏了把柄。

從那天起，他們幾乎日夜形影不離，一起進出圖書館、一起討論習題，從科學聊到文學，從哲學談到歷史，話題橫跨天南地北，無所不談，林慕才發現自己與這位表面上看起來完全不同世界的大少爺，竟有如此多相似的觀點與喜好。

又一次解開一道難題，林慕臉上浮現難以掩飾的欣喜，心裡充滿踏實的成就感。

坐在對面的李眞用筆敲了敲林慕的眉心，「開心嗎？那以後讀書的時候別再皺眉了，畢竟你學習不是只爲了考試，不是嗎？」

林慕一愣，手中的筆不自覺停頓了。他怔怔地盯著李眞，在這瞬間，他終於聽懂了對方話裡隱藏的深意。

原來他們第一次見面時，李眞說的就是這個意思。

那時的自己，一心只追求成績與排名，想要奪得第一名的執念令他近乎瘋魔，漸漸失去了讀書的快樂，滿腦子只想著如何超越別人、如何證明自己。他忘了，在那些流落街頭的日子，自己曾經多麼渴望和珍惜讀書的機會，因爲書本裡那些前所未見的新觀點、新世界，讓他貧乏無趣的生活變得有趣，讓他感覺到自己正一步一步成爲更好的人。

李眞一眼看穿他內心深處的想法，甚至比他自己還要了解自己。他恍然意識到，或許在這個世界上，李眞是唯一能眞正理解他的人。

暮色從圖書館巨大的落地窗外緩緩映入，柔和的餘暉灑在李眞火紅的髮絲上，光影交織之間，李眞那張俊朗的臉龐令人目眩，帶著一貫謙和、溫暖的微笑，彷彿他天生就屬於那個光明、毫無瑕疵的世界。

這一刻，林慕內心最隱晦幽暗的角落突然湧上一股難以言喻的自慚形穢。他本能地低下頭，手忙腳亂地整理自己微微凌亂的衣襟與儀容，似乎這樣便能掩蓋那份從小到大伴隨著他的骯髒。

李眞像一道溫暖又柔和的陽光，穿透層層厚重的烏雲，悄然照亮了冰封已久的大地。

李眞教會林慕解題的方法，也教會他許多事物，比如彈鋼琴、打籃球。

林慕的學習速度向來驚人，尤其是鋼琴，練了幾次，指尖就能靈活地彈出簡單的樂曲，但籃球卻讓他踢到了鐵板。除了體育課，他幾乎沒碰過球，體力也不太行，常常打到一半就氣喘吁吁地蹲在場邊。

李眞見狀，笑著摟住他的肩，「沒關係，那我再帶你去游泳鍛鍊體力。」

林慕當場啞口無言，他氣都還沒喘夠耶。

就這樣，林慕被他拉著換了好幾個項目，從鋼琴、籃球、游泳，再到唱歌、慢跑。不知不覺，他的生活越來越多采多姿，過去那個只有書本的世界，如今增添無數新鮮的色彩，雖然他最愛的仍是讀書，但漸漸地，他也對其他事物產生了興趣。

有時，他甚至會不經意地想，如果當初沒有遇到李眞，或許自己永遠都無法體會這些。

日子一久，林慕偶爾也會回報李眞的好意，比如到學校超商買早餐時，順手帶一份三明治給李眞。

而李眞總會笑著說要回請晚餐，還半拖半哄地把林慕拉去聚餐，介紹給自己的朋友們認識。一開始林慕極力抗拒，不過李眞總有辦法三言兩語說服他：「多認識些人脈，也是爲未來的事業鋪路嘛。」

林慕無奈，只能跟著去，卻意外發現李眞的朋友不分男女老少，除了和同學唱KTV以外，有時還會帶著他去找獨居老人喝茶，或者去公園陪孩子玩。

兩人經常出雙入對，久而久之，整個校園都知道他們的交情。

沒人想到兩個性格截然不同的人——一個冷漠至極，另一個熱情洋溢——竟能走到一起，但細細想來，又覺得理所當然。

經過李眞的指導，加上透過運動所培養的專注力，林慕的腦子前所未有地清晰——下一次考試，他終於考贏了李眞。

成績揭曉的那一刻，林慕怔住，一時做不出任何反應。李眞卻在旁邊笑得比誰都開心，甚至爲他鼓掌、歡呼，「慕慕！你太棒了！滿分啊，我就知道你可以的！」

林慕鼻子一酸。直到此時他才明白，世上最開心的事不是得到第一名，也不是戰勝了長久以來的對手，而是當好事發生時，有個人能陪你一起開心，甚至比你還開心。

這是林慕從出生到現在從未體會過的。

他聲音細如蚊鳴地說了句：「……謝謝。」

李眞愣了一下，他從沒想過林慕會對他說出這句話。

林慕抿了抿嘴，聲音微啞地說：「其實……我一直很羨慕你。」

他討厭李眞有錢、有能力，還長得帥，卻也心知肚明，李眞會受歡迎不只是因爲外貌，而是因為他的善良。他會在校門口替同學掃地，會給校犬洗澡，會在走廊幫人推輪椅——他是那種讓人憧憬、尊敬、想成為的人。

李眞靜靜地聽完，忽然低笑出聲：「既然這樣，要不要跟我在一起？」

「……啊？」

「我說過對你別有居心吧。」

林慕耳根微熱，立刻別開臉，扭頭就走，「我說過了，我沒興趣。」

李眞笑嘻嘻地追了上去。

林慕拒絕了李眞一百次、一千次、一萬次，李眞還是追著他，就像林慕追著榜單上的李眞一樣。

林慕拿李眞一點辦法也沒有。

李眞像個幼稚的大男孩，喜歡逗他、欺負他，然後笑得比誰都燦爛，又帶他去看遍那些從未見過的風景。

那天，林慕生日，李眞硬是要為他慶生，還想帶著他蹺課，向來遵守校規的林慕當然不肯這麼做——結果就被李眞綁架了。

當他被李眞扛著踏出校園的那一刻，兩人先是一陣沉默，接著忽然噗哧一聲笑了，因為實在太荒謬。

李眞輕聲說：「我家管得很嚴，從來沒機會這麼做。慕慕，你知道嗎？認識你之後，是我這輩子最快樂的時光。」

林慕沒有作聲，只是在心裡默默想著：我又何嘗不是呢？

李眞用滿滿的愛與關懷，填補了他內心巨大的空缺，讓他重新相信人，也重新相信了世上有無私的愛。

在他們大二那年，全國一度爆發疫情，人人爲求自保都宅在家裡，校園頓時冷清。

林慕不幸染上了病毒，被單獨隔離在學校的空宿舍裡。偏偏那時正逢長假，校方藥品供應不足，整個隔離區的學生只能苦撐到開工日才有藥送進來。

深夜，窗外寒風呼嘯，房裡只剩下嗡嗡作響的暖氣聲，還有林慕時不時壓抑的咳嗽聲，渾身發燙的他裹著被子，整夜輾轉反側，白熾燈昏暗得像蒙了一層霧。

突然，「叩、叩」的聲音從窗外傳來。林慕皺眉，虛弱地掙扎著坐起身，朝窗邊看去。

只見窗外月色下，李眞穿著一件縐巴巴的灰色睡衣和藍色拖鞋，臉上掛著口罩，整個人看起來既狼狽又笨拙。他額前的頭髮微微凌亂，手裡緊緊提著一個裝藥的塑膠袋。

「你瘋了嗎？」林慕瞪大眼睛，聲音因爲虛弱而顫抖，「這裡是隔離區！你進來幹什麼？會被傳染的！」

李眞在寒風裡瑟瑟發抖，語氣卻相當堅定，「我一想到你沒藥就睡不著！今晚不管怎樣都要把藥送過來！」

林慕愣愣看著只穿了一件單薄睡衣的李眞，心底又是心疼又是無奈，「那你……你至少多穿幾件衣服啊！你不是很愛面子嗎？明明平常連去便利商店都穿得像參加頒獎典禮一樣，現在這什麼樣子……不覺得丟臉嗎？」

明明只是想提醒他注意保暖，出口的話卻言不由衷。

李眞眼神中帶著委屈與眞摯，激動地說：「我打扮不是因爲愛面子，是因爲你……我怕你不喜歡我啊！」

林慕怔住了，喉頭像被什麼堵住一樣，半晌說不出話。只見李眞依然傻傻地站在窗外，藥袋在月光下微微晃動，他的手指被凍得微紅，卻絲毫沒有鬆開。

這一刻，林慕感覺到心底某個地方轟然崩塌。

他低下頭，聲音沙啞：「……傻子，幾件衣服能改變什麼？」

李眞微微一愣，懷疑自己沒聽眞切。

林慕深吸一口氣，抬頭看著他，像是下定了決心般，用盡生平最大的勇氣，努力跨越高牆，說出那一句：「我對你的感情……不會因爲這點小事改變。」

李眞終於明白了什麼，眼底瞬間亮起了光，表情卻依舊帶著一絲不敢置信。

隔著一層玻璃窗，他們的目光在夜色中交會，彷彿將所有孤獨與不幸都拋在腦後，剩下的只有彼此。

淡淡的月光灑落在兩人之間，爲這個夜晚增添浪漫與平和的氛圍。校園裡依舊寂靜荒涼，但林慕覺得，無論世界多麼荒蕪，至少眼前這個人，會一直陪著他走下去。

想到這裡，他便感到前所未有地安心。

大三上學期，李眞和林慕搬進了同一間房子。雖然房租由李眞先墊付，但林慕堅持要分攤一半，說等畢業後找到工作再還他。

到了大四這年，李眞即將畢業，林慕還要再等一年才能完成學業。兩人約好，李眞畢業那天要去登記結婚，用證書把彼此的未來繫在一起。

這一年，李眞第一次帶林慕見家人。

林慕一路上嫌棄傳統禮俗繁文縟節，說「結婚是兩個人的事，爲什麼要看其他人臉色」，卻又止不住反覆地問：「喂，我這樣穿可以嗎？好看嗎？領結歪了嗎？」

李眞嘴角微翹，語氣帶著調侃：「你不是說幾件衣服而已，改變不了什麼嗎？」

林慕哼了一聲，「廢話少說，快回答我。」

李眞微微揚眉，這才賭氣地說：「跟我約會都沒看你穿得這麼用心。」

林慕皺眉，「我只是穿了西裝。」

「我就是不想給他們看嘛！」

「……那是你姑姑。」

到了現場，映入眼簾的是一間裝潢奢華的高級餐廳，挑高的天花板上掛著水晶吊燈，偌大包廂裡只擺放著一張圓桌，散發莫名的壓迫感。林慕坐立不安，手指緊抓著桌巾，即使李眞有錢，也很少帶他來這種地方，因爲知道他會不自在。

李家的親戚們看似微笑，眼底卻帶著冷漠，有種淡淡的疏離。林慕緊張得差點把桌上的水盆拿起來喝，還好李眞立刻接過，替他洗了手，他才發現自己弄錯。

這時，李眞的姑姑終於開了口。

她微微一笑，臉上看不出半分歲月的痕跡，舉手投足滿是優雅，說起話來也不緊不慢：

「也是，無論是洗手的水，還是喝的水，對你來說應該沒什麼差別吧。」

林慕低著頭，雙頰微紅。爲了掩飾窘迫，他胡亂拿起桌上的小湯匙，一口一口撈著面前的湯喝。

才沒喝幾口，他心裡忍不住想：這湯匙怎麼這麼難用？這麼小口要喝到什麼時候？

一旁的親戚輕描淡寫地說：「那是甜點用的。」

林慕愣住，趕緊低聲說：「謝謝。」

那人微笑，說出的話卻像一把鋒利的刀子，「沒事，也挺新鮮的，從沒遇過有人須要教，畢竟從小用慣了，有媽媽在的話，自然就會知道。」

林慕的手微微一抖。

李眞沉著臉，忽然端起自己的盤子，直接仰頭把整碗湯喝了下去。

「小眞！你、你幹什麼？怎麼這麼沒家教？」

那人猛地轉頭看向林慕，彷彿在斥責都是這個野孩子把李眞教壞了。

李眞把碗放回桌上，語氣平靜：「吃個東西，有什麼講究的？能吃進肚子就好。」

「你、你！」

接著，李眞面無波瀾地伸手收拾林慕和自己的餐具，只留下一支湯匙，「我早就覺得麻煩了，一支餐具就能解決的事。」

這時有人忍不住爆發了。

「小眞，我們知道他的背景，什麼骯髒的東西，你不要被他騙了！我們李家不能容忍這樣的污點！你怎麼對得起你爸？你爸他忙著工作，還獨自辛苦養育你、栽培你！你要他怎麼向董事會交代？對媒體又要怎麼說？我們李家的名聲你賠得起嗎？」

林慕心裡一震，怪不得李眞的父親沒出現。明明昨天李眞還笑著說：「爸爸有會議，不知道趕不趕得及，但他很期待見到你。」

平常牙尖嘴利的林慕，此刻一句話也說不出口，只是緊握著拳頭，雙肩微微顫抖，然後起身，往李眞姑姑的空杯裡倒了茶。

李眞按住林慕的手，語氣堅決卻溫柔：「我帶你來見他們，是基於尊重，不是讓你來受氣，你受委屈就反擊，別怕，有事我扛。」

林慕低下頭，好一會才默默地道：「我沒有家人，所以不知道怎麼說話才得體，也不知道怎麼跟長輩相處。我不回嘴不是怕他們，是不想影響你跟家人的關係。」

李眞一頓，紅了眼眶。

親戚們啞口，互相對視，臉色複雜。

李眞緊緊握住林慕的手，轉頭看向親戚們，嗓音堅定如鐵：「家族給我的一切，我往後一定會回報，但只有結婚這件事，我絕不退讓。如果只能選一個，我永遠選他。」

親戚們簡直不敢相信自己的耳朵，其中一人冷笑道：「小孩子就是小孩子！爲了一段短暫的感情，就要背棄家族？」

李眞目光沉穩，字字句句清晰地說：「這不是意氣用事，是我知道自己想要什麼。不管家族怎麼決定，我都會靠自己證明，感情不會成爲我的拖累，反而會讓我更強大，能爲家族帶來更多助益。」

林慕抬起頭，怔怔地注視著李眞，像是第一次看見眼前這個人的這副模樣。他早就知道李眞溫暖、堅強，卻沒想過他能像一座堅不可摧的堡壘，擋住所有風雨，還能撐起一片天。

「你……」親戚氣得臉色發白，手裡緊握著水杯，正準備潑出去的瞬間——

門猛地被推開，一道低沉聲音響起。

「孩子，別擔心。」

只見一個身材高大、身形筆挺的男人邁步走了進來，身後還跟著幾個魁梧的保鑣，氣場十足。

與李眞俊朗的五官不同，男人的長相並不特別出眾，略顯平凡，但那雙沉穩如海的眼睛散發出無形的威嚴與沉著。他髮絲花白，顯示著歲月的痕跡，但深色西裝下的身形依然挺拔得像座山，壯碩且健朗。

他目光掃過桌邊眾人，最後落在李眞和林慕身上，凌厲的神情頓時柔和下來。當他伸手握住林慕的手時，林慕怔了怔，下意識抬頭，對上那雙深沉卻帶著暖意的眼睛。

就像……李眞一樣。

李眞父親輕輕牽起兩人的手，轉頭對李眞信誓旦旦地道：「你不會被除名，爸爸要的不是體面的繼承人，而是一個快樂的兒子。喜歡誰都沒關係，我們家不須要看別人的臉色。」

林慕微微一愣，望著李眞父親的神情，忽然明白了，原來李眞能成爲這樣溫暖又堅定的人，正是因爲他一直被愛包裹著，才能勇敢地活成自己嚮往的模樣。

晚餐結束後，李眞父親留下一句「以後多回家看看」，便先行離開。

餐廳外的夜風有些涼，李眞牽著林慕的手，兩人並肩走了一會，一路上幾乎沒有說話，但彼此的呼吸聲在靜謐的氛圍裡流動，彷彿心跳也同步了。

回到住處，李眞將林慕的外套掛好，轉身靠在門邊，眼神裡滿是柔和的光，盯著林慕看了很久。林慕疑惑地挑眉，忍不住問：「幹嘛？」

李眞笑了笑，「讓我再多看幾眼。」

林慕撇開臉，有些彆扭地回答：「都幾年了，還看得不夠多嗎？」

李眞搖頭，「我只是想好好珍惜男朋友。」

林慕皺眉不解。

李眞笑著回答：「因爲很快就不是了。」

林慕頓了下才反應過來李眞的言下之意，立刻轉身快步走向浴室，「別說這種肉麻的話！」

李眞大笑著追了上去。

幾天後，李眞特地約了林慕在學校後山的觀景台碰面。黃昏的餘暉把整座山坡染上一層溫暖的紅色，微風輕輕拂過樹梢，樹葉沙沙作響，空氣裡瀰漫著淡淡的杉木香，氣氛浪漫得彷彿爲他們量身訂做。

李眞先一步抵達，倚在觀景台的圍欄，背對著夕陽，微風撩起他額前的碎髮。見林慕走近，他從身後變戲法般拿出一束鮮花，遞到林慕面前。

「慕慕，三週年快樂。」

李眞的聲音格外開朗，帶著近似承諾的眞摯：「我們是彼此的太陽，無論身處何方，我都會在你看得見的地方，陪著你。」

「李……」林慕的喉嚨像被什麼哽住似地，說不出完整的話。

李眞見狀，嘴角噙起一抹笑意，輕輕伸手撫上林慕的臉頰，指腹掃過他顫抖的睫毛，安撫道：「傻瓜，別感動得太早，還沒完呢。」

趁林慕還沒來得及回嘴，下一秒，李眞不知從哪裡又摸出一個兒童派對用的兔子面具，笑得像個調皮的少年，戴上面具後，一雙笑眼如昔，燦爛得讓人移不開視線。

「從今以後，這個夕陽只讓你一個人看。」

然後，李眞慢慢取下面具，臉上再無玩笑之意，目光裡的深情訴說著一輩子的承諾。

「和我結婚吧，慕慕。」

林慕愣愣地望著眼前這個人，眼眶微微泛紅。這句話就像一把鑰匙，瞬間打開了他心底那扇長久緊閉的門。

他這輩子從來不曾擁有過自己的家人，如今，他終於得到了。

林慕緩緩地、愼重地點了點頭。

他沙啞而堅定地回答：「好。」

他在心裡決定，將永遠珍藏這抹紅色的、只屬於他的夕陽——

林慕的意識猛然回籠。

墜崖的失重感如撕裂空氣般襲來，身體在空中急速下墜，四周景象卻彷彿被時間放慢，殘酷又不可逆地一格一格地播放。

眼前鮮紅的夕陽如同血色頭顱，靜靜懸在山崖邊。李眞帶著悲傷的神情，與他的距離越來越遠，他們像是被命運生生拉開的兩條平行線。

林慕喉嚨乾澀，胸腔裡翻湧著不甘與絕望：他好不容易才找回李眞，卻又要失去他了！

李眞的聲音乘著風，遙遠但又如同貼著耳畔響起：「你說的對，我是自願待在籠子裡。因爲只有這樣，我才能確保……你不在這裡。」

話音落下，林慕墜地的瞬間，所有畫面頓時粉碎，定格在那抹屬於他們的最後夕陽。

尾聲

林慕再次驚醒，發現自己正躺在一張陌生的病床上，微弱的燈光從天花板灑下，空氣裡瀰漫著消毒水與化學藥劑混合的刺鼻氣味。

他剛要動，就聽到外面傳來腳步聲，於是瞬間屏住呼吸、閉上眼睛，假裝還沒醒。門被推開，一個聲音淡淡地說：「剛收到消息說0148腦波有變化，可能快醒來了，確認一下他在遊戲裡是否已經死亡。」

林慕心頭一緊，感覺到自己全身上下都纏著線，尤其腦部，似乎有無數條電線延伸到天花板，連接著那些冷冰冰的機器。他的意識在兩個世界之間徘徊不定，恍惚得分不清現實還是夢境。

0148……是他的編號？但他的名字是……爲什麼想不起來？

一陣腳步聲靠近，一個男人的聲音輕飄飄地說：「檢查0148的生命徵象。他剛進來的時候情緒激動，有自殘傾向，現在傷口快癒合了，要注意別留下疤，『Sir』很滿意他的臉。」

一股寒意湧上心頭，但林慕拚命讓自己保持鎮定，連呼吸都控制得極爲平穩，好讓那些人以為他還沒醒來，趁機多聽一點訊息。

他到底在哪裡？生病？被綁架？這些人究竟是敵是友？

「Lie，趁他還沒醒，直接把他送回去吧？聽說他在遊戲裡表現不錯，老闆很看重他。」

「嗯，也好，省得麻煩。」

林慕心底一陣發涼，他知道如果再不開口，自己就會被送去某個地方，於是，他故意讓眼皮抽動了一下，旁邊那人立刻發現異樣。

林慕半睜著眼，迷糊地皺起眉頭，假裝被吵醒，不耐煩地甩頭。接著，他看見兩個穿著白色實驗服的人，一個正低頭盯著那台跑著密密麻麻數據的電子儀器，手指停在開關上。

見林慕清醒，實驗人員露出職業微笑，語氣放得柔和：「先生？你醒了嗎？」

林慕望著天花板，裝作自己仍然迷糊，實則用眼角餘光釐清現況。

這是一間密閉的實驗室，窗戶上刷著特殊塗層，看不到外面光景，只有幾盞日光燈懸在天花板上。牆面鋪著銀灰色的金屬板，上頭安裝了各式各樣的電子設備：呼吸監控儀、腦波掃描器、電擊治療儀……一個個閃著冰冷的紅光或綠光，像是一雙雙窺視的眼睛。

桌上擺著一整排針筒和藥劑瓶，還有一台連著電纜的機械臂，靜靜地垂掛著，彷彿一條潛伏的毒蛇。

「先生？」對方再度輕喚。

林慕冷著臉，沙啞地說：「這裡是哪裡？你們是誰？」

其中一名實驗人員面帶笑容回答：「你還記得自己怎麼來到這裡的嗎？」

林慕幾乎沒有思考便搖了搖頭，然後低頭檢查自己身上的線路，在看見手臂上密密麻麻的傷痕時，他愣了一下。

實驗人員問：「你叫什麼名字？」

林慕沉默良久，眼神漸漸產生了變化，從一開始的迷茫到森冷，混亂的腦海逐漸清晰，「……林慕。」

「很好，那你幾歲？」

「十六。」

「還記得自己讀哪個班級嗎？」

「2年A班。」

實驗人員看著手上的資料，見林慕回答正確，頓時滿意地點了點頭，臉上浮現輕鬆的笑意，「林同學，你現在記憶可能還有點混亂，這些都是正常現象。」

話音剛落，實驗人員忽然又補上一句震撼彈——

「我們現在正在進行大腦分離實驗，目的是幫助人類的意識脫離身體，實現永生。」

林慕眼神微微一沉，表面上不動聲色，內心卻在暗自分析眼前局勢。

見他臉色平靜，實驗人員語氣緩和了些：「別擔心，就像玩遊戲一樣！我們會將你的意識連接到網路世界，讓你盡情體驗截然不同的人生。剛剛你可能中途脫離了那場遊戲，才會導致記憶錯亂。不過沒關係，只要重新連接，很快就能恢復正常。來，這份同意書是不是你自己簽的？」

林慕順著對方的手指看去，只見電子面板上赫然出現一份同意參與人體實驗的契約書，酬勞是個相當可觀、令人甘願冒險的數字，最下方歪七扭八的簽名，確實是他的筆跡。

「……我在參加實驗？」林慕微微垂下眼簾，若有所思。

實驗人員見狀，趁勢說道：「沒錯，只要再睡一覺，就可以繼續進行實驗。你可以做到的，對吧？」

林慕沉默，視線看向自己手臂上那些結痂的傷口。

「別擔心，這些是實驗過程中留下的小傷口，我們都有幫你消毒和上藥。」實驗人員微笑安撫。

實驗過程？剛剛他們聊天時，不是說「他剛進來的時候情緒激動，有自殘傾向」嗎？

林慕冷笑。

不過無所謂，反正……這根本也不是什麼自殘行爲。

林慕清楚記得，自己當初剛被抓進實驗室的時候曾裝作情緒崩潰，在手臂上劃下了這些傷痕。這些看似雜亂的劃痕，其實是他故意留給自己的暗號，倒過來看正是兩個字——

「夕陽」。

那是他留給自己的關鍵詞，爲了有朝一日可以喚醒自己最眞實的記憶。

如今他終於想起一切，他之所以參與這個殘忍的實驗，是爲了找回失蹤的李眞。

他清楚記得，在去參加畢業典禮的那天早上，李眞匆忙地對自己說，收到曾經幫助過他的學長的訊息，對方的公司陷入麻煩，拜託他在典禮結束後立刻飛往海外協助處理業務，說只要一個月就回來。

林慕原本信了，然而接下來的一個禮拜，李眞音訊全無，電話聯絡不上、訊息也沒有回覆，那時林慕還以爲李眞是工作太忙，但很快，他嗅到了一絲不對勁。

他循線找到那位學長，對方卻一臉茫然，說根本沒找過李眞，公司運作也一切正常。

當下，林慕如墜冰窖，意識到李眞是失蹤了。

是誰綁架了李眞嗎？爲什麼？難道是李家在政商界的敵人？

林慕第一次感到絕望，他用盡所有方法都找不到李眞，李眞的父親和李家也動用了一切資源，可這個世界首屈一指的大財團竟也查不到半點消息。

一個月、兩個月、三個月……李眞消失之後，林慕從沒放棄過。

從最初的慌張到冷靜，他日夜調查，不曾鬆懈。直到有一天，他在調閱李眞的通聯記錄時，發現了他準備給自己的生日禮物。

那一瞬，他的世界崩潰了。

後來，費盡千辛萬苦，終於找到了一絲線索——畢業典禮那天，李眞和幾名畢業生根本沒有離開校園。

一切的源頭，都是那所該死的學校。

他深入學校，經歷長達一年多的探查，最後，終於發現了深藏在校園裡、佔地上千坪的大型地下實驗室。

林慕眼底浮起一絲陰影，閉上了眼睛，重新讓實驗人員將自己催眠，回到遊戲世界。

再次睜開眼睛時，他已回到遊戲內的中央公園。周圍人群穿梭而過，一切看似和平。

他的記憶並沒有被抹除，因爲他在回答實驗人員問題時，故意配合演出，只講了最初進入遊戲前的那段被洗腦的記憶，那些人以爲他眞的沒有恢復記憶，也就沒有對他進行二次洗腦。

林慕冷冷一笑，心底的怒意如火延燒。

他終於得知李眞當年離開遊戲的方法——就是死亡。

這個遊戲的設計本身就是個陷阱，越害怕死亡、越拚命闖關、越想活下來的人，就越會被困在遊戲裡。

呵，眞是諷刺。

林慕不知道這間實驗室眞正的目的是什麼，但他很確定，這些混蛋絕對不單純只是爲了做實驗。他們曾提到「聽說他在遊戲裡表現不錯，老闆很看重他」，這表示，他們很可能是透過關卡來篩選自己想要的人才。

林慕知道，這就是李眞不希望自己破關的原因。

李眞在遊戲裡表現得太好，讓這些混蛋不肯放過他，所以李眞寧願自己留下，也不想讓他步上後塵。

林慕腦海閃過在實驗室裡看到的針筒、電療儀器，想起李眞曾經的記憶缺失、情緒混亂，背脊頓時竄起強烈寒意，讓他止不住發抖。

李眞究竟在那裡承受了什麼？

他太了解李眞了——一個連深夜遇見性命垂危的流浪狗，都會不顧一切地抱去急診搶救的人，這樣的人，要背負多大的痛苦，才能動手「殺死」曾發誓要白頭偕老的戀人？

懸崖邊李眞悲傷至極的眼神，一直在林慕腦海中揮之不去。

如果這一切沒有發生，他們早就給了彼此名分，搬進那棟只屬於他們的家。每天在同一張床上醒來，下班後一起做飯、吃飯，邊吃邊聊著今日的瑣事。日子平凡卻溫暖，是他曾經不敢奢望、連作夢都不敢想的生活。

林慕握緊雙拳，用力得指節微微泛白，手心因爲憤怒而滲出了血跡。

那些混帳對李眞和自己做過的事，全部，都要付出最慘痛的代價！

《叛逆玩家 02》完

後記

小冰棍們好～又是我！很高興再見到大家！

連載期間經常在社群收到喜愛這部作品的訊息，每次看到都十分感動，謝謝你們和我說，其中有不少小冰棍提過：「謝謝景景寫的書讓我的生活不再無聊」，其實我也想說，謝謝你們的出現，無論是在社群上的留言，或者點個愛心，又或者默默地支持購買了這本書，這一切都讓我們彼此不再孤單，謝謝你。

再來是關於這集的內容，新增了大量小情侶的互動，自己寫的時候也十分開心（但我想最開心的應該是李眞。林慕：「……我不開心。」），寫的時候常常在想「此處應該有車」，我知道你們也感受到了，但可惜連載的小說網站目前無法上架限制級，哈哈哈。沒關係，就讓我們番外本補全吧！

這集無論是林慕還是李眞都各自有了些轉變，感謝呂俊、徐斌、胡三的努力，一個差點被系統射死、一個被李眞刺、一個被林慕欺負，他們都不容易啊。

說到呂俊和徐斌，很多小冰棍說好意外這一對的進度好快，這麼快就親上了，但其實，他們連房都開過了……

徐斌：（黑臉）

呂俊：「我錯了，不要再提了。」

最後恭喜「眞心愛慕」小情侶終於恢復了記憶，現在不只李眞，連林慕也想起了一切。

在寫他們相愛的回憶時，畫面幾乎是瞬間浮現腦海，自然到我都懷疑是不是前世見過這對小情侶。雖然結尾如此，但請相信林慕一定不會坐以待斃，接下來他會有一連串改變和作爲，請放心，和他有仇的人，他一個也不會放過（笑）

和我一起期待第三集吧！

景
2025.06.18

叛逆玩家

國家圖書館出版品預行編目資料

叛逆玩家 / 花於景 著.
——初版. ——台北市：魔豆文化出版：蓋亞文化發行，2025.07
冊；公分.（Fresh；FS240）
ISBN 978-626-7542-24-8（第2冊：平裝）
863.57 114008237

fresh FS240

叛逆玩家 02

作　　者　花於景
封面插畫　Misty系田
彩頁插畫　8C
網路連載編輯　陳思涵

內頁插畫　艸肅Tsaosu
裝幀設計　高橋麵包
責任編輯　黃致雲
總 編 輯　黃致雲
發 行 人　陳常智
出 版 社　魔豆文化有限公司
發　　行　蓋亞文化有限公司
地址：台北市103承德路二段75巷35號1樓
電話：02-2558-5438　傳眞：02-2558-5439
電子信箱：gaea@gaeabooks.com.tw
投稿信箱：editor@gaeabooks.com.tw
郵撥帳號　19769541　戶名：蓋亞文化有限公司
法律顧問　宇達經貿法律事務所
總 經 銷　聯合發行股份有限公司
地址：新北市新店區寶橋路二三五巷六弄六號二樓
電話：02-2917-8022　傳眞：02-2915-6275
港澳地區　一代匯集
地址：九龍旺角塘尾道64號龍駒企業大廈10樓B&D室
電話：+852-2783-8102　傳眞：+852-2396-0050
初版一刷　2025年 07月
定　　價　新台幣 280 元
Published and printed in Taiwan

ISBN 978-626-7542-24-8

魔豆

魔豆